서울, 1964년 겨울

서울 1964년 겨울

❚ 2010년 1월 25일 발행

❚ 지은이_ 김승옥
펴낸이_ 박준기
펴낸곳_ 도서출판 맑은소리
주소_ 서울시 금천구 가산동 550-1 롯데 IT캐슬 2동 1206호
전화_ 02-857-1488
팩스_ 02-867-1484
등록_ 제10-618호(1991.9.18)

❚ ISBN 978-89-7952-118-4 03810

23

다시읽는 **김승옥**

서울, 1964년 겨울

맑은소리

추천의 말_문학, 지성과 품성을 만드는 생명의 언어

허병두(서울 숭문고 교사, 교육부 독서교육발전자문위원회 위원, EBS FM '책과의 만남' 진행자, '책으로 따뜻한 세상 만드는 교사들' 대표)

문학작품은 우리네 삶을 들여다보는 거울이다. 그 거울은 작가의 예리한 통찰력과 풍부한 상상력으로 닦여져 읽는 이의 눈을 예리하게 틔워주고 그윽하게 만든다. '자, 세상은 이런 거야. 그리고 삶은 이렇게 사는 거야.' 빛나는 거울 속에서 퉁겨져 나온 언어들이 세상과 인생의 깊은 속내를 전해준다. 때로는 깊은 생각에 턱을 고이게 하고, 때로는 격렬하게 가슴을 적셔오는 언어들⋯⋯. 문학은 바로 이러한 언어들의 축제다.

그래서 문학작품은 영혼이 푸른 시절에 읽으면 더욱 좋다. 잔잔한 아침바다 위에 떠오른 해류들이 먼길을 떠날 채비를 서두

르며 뒤척이듯이, 문학작품은 삶이라는 망망대해로 떠나가는 작은 조각배를 생기롭게 한다. '그래, 이쪽으로 가는 거야. 바로 여기가 삶의 보물이 묻혀 있는 곳이지.' 이처럼 문학작품은 푸른 영혼들의 삶에 방향을 제시하며 인생을 풍요롭게 해준다.

그런 측면에서 볼 때 도서출판 맑은소리의 한국 대표작가 문학선집 '다시읽는 명작 시리즈'는 청소년들이 읽기에 안성맞춤이다. 명작이라고 그저 활자들의 감옥처럼 만들어 딱딱하고 고압적인 느낌이 들게 했던 종래의 책들과는 달리 이제 막 세상에 눈을 뜨는 청소년 독자들이 읽기 좋게 여러모로 배려되어 있다.

1920~30년대의 문학작품들에서 출발하여, 1920년 이전의 근대문학부터 최근의 현대문학에 이르기까지 계속해서 폭넓게 기획·출간될 이 시리즈는 특히 원전을 고스란히 살리되 해당 작가의 작품 세계를 대표하는 엄선된 작품들, 그리고 작품의 깊은 속내를 충분히 이해하고 즐길 수 있도록 그려진 삽화들 덕분에 책을 읽고난 독자들은 그 작가의 나머지 작품 세계까지도 파고들고 싶은 욕심이 날 듯싶다.

문학은 생존 이전에 인간이 지녀야 할 지성과 품성을 만들어

주는 생명의 언어들이다. 모쪼록 여러분의 삶을 늘 지켜주고 밝혀줄 생명의 언어들을 '다시 읽는 명작 시리즈'에서 만나기를 바란다. 여러분이 책갈피를 넘기며 만나게 되는 빛나는 언어들은 어느 험한 굽이에서 여러분을 굳게 잡아줄 것이다.

차례

서울, 1964년 겨울

1964년 겨울을 서울에서 지냈던 사람이라면 누구나 알고 있겠지만, 밤이 되면 거리에 나타나는 선술집(선 채로 술을 마시게 되어 있는 술집) — 오뎅과 군참새와 세 가지 종류의 술 등을 팔고 있고, 얼어붙은 거리를 휩쓸며 부는 차가운 바람이 펄럭거리게 하는 포장을 들치고 안으로 들어서게 되어 있고, 그 안에 들어서면 카바이드 불의 길쭉한 불꽃이 바람에 흔들리고 있고, 염색한 군용(軍用) 잠바를 입고 있는 중년 사내가 술을 따르고 안주를 구워 주고 있는 그러한 선술집에서, 그날 밤, 우리 세 사람은 우연히 만났다. 우리 세 사람이란 나와 도수 높은 안경을 쓴 안(安)이라는 대학원 학생과 정체를 알 수 없었지만 요컨대 가난뱅이라는 것만은 분명하여 그의 정체를 꼭 알고 싶다는 생각은 조금도 나지 않는 서른대여섯 살짜리 사내를 말한다. 먼저 말을 주고받게 된

것은 나와 대학원생이었는데, 뭐 그렇고 그런 자기소개가 끝났
을 때는 나는 그가 안씨라는 성을 가진 스물다섯 살짜리 대한민
국 청년, 대학 구경을 해보지 못한 나로서는 상상이 되지 않는
전공을 가진 대학원생, 부잣집 장남이라는 걸 알았고, 그는 내가
스물다섯 살짜리 시골 출신, 고등학교는 나오고 육군 사관학교
를 지원했다가 실패하고 나서 군대에 갔다가 임질에 한 번 걸려
본 적이 있고, 지금은 구청 병사계(兵事係)에서 일하고 있다는 것
을 아마 알았을 것이다.

　자기소개들은 끝났지만, 그러고 나서는 서로 할 얘기가 없었
다. 잠시 동안은 조용히 술만 마셨는데, 나는 새카맣게 구워진
참새를 집을 때 할 말이 생겼기 때문에 마음속으로 군참새에게
감사하고 나서 얘기를 시작했다.

　"안 형, 파리를 사랑하십니까?"

　"아니요, 아직까진……." 그가 말했다. "김 형은 파리를 사랑
하세요?"

　"예"라고 나는 대답했다. "날 수 있으니까요. 아닙니다. 날 수
있는 것으로서 동시에 내 손에 붙잡힐 수 있는 것이니까요. 날
수 있는 것으로서 손안에 잡아본 것이 있으세요?"

　"가만 계셔 보세요." 그는 안경 속에서 나를 멀거니 바라보며

잠시 동안 표정을 꼼지락거리고 있었다. 그리고 말했다. "없어요. 나도 파리밖에는……."

낮엔 이상스럽게도 날씨가 따뜻했기 때문에 길은 얼음이 녹아서 흙물로 가득했었는데 밤이 되면서부터 다시 기온이 내려가고 흙물은 우리의 발밑에서 다시 얼어붙기 시작했다. 쇠가죽으로 지어진 내 검정 구두는 얼고 있는 땅바닥에서 올라오고 있는 찬 기운을 충분히 막아내지 못하고 있었다. 사실 이런 술집이란, 집으로 돌아가는 길에 잠깐 한잔하고 싶은 생각이 든 사람이나 들어올 데지, 마시면서 곁에 선 사람과 무슨 얘기를 주고받을 데는 되지 못하는 곳이다. 그런 생각이 문득 들었지만 그 안경잡이가 때마침 나에게 기특한 질문을 했기 때문에 나는 '이놈, 그럴 듯하다'고 생각되어 추위 때문에 저려 드는 내 발바닥에게 조금만 참으라고 부탁했다.

"김 형, 꿈틀거리는 것을 사랑하십니까?" 하고 그가 내게 물었던 것이다.

"사랑하구말구요." 나는 갑자기 의기양양해져서 대답했다. 추억이란 그것이 슬픈 것이든지 기쁜 것이든지 그것을 생각하는 사람을 의기양양하게 한다. 슬픈 추억일 때는 고즈넉이 의기양양해지고 기쁜 추억일 때는 소란스럽게 의기양양해진다.

"사관학교 시험에서 미역국을 먹고 나서도 얼마 동안, 나는 나처럼 대학 입학시험에 실패한 친구 하나와 미아리에 하숙하고 있었습니다. 서울엔 그때가 처음이었죠. 장교가 된다는 꿈이 깨어져서 나는 퍽 실의에 빠져 있었습니다. 그때 영영 실의해버린 느낌입니다. 아시겠지만 꿈이 크면 클수록 실패가 주는 절망감도 대단한 힘을 발휘하더군요. 그 무렵 재미를 붙인 게 아침의 만원된 버스칸이었습니다. 함께 있는 친구와 나는 하숙집의 아침 밥상을 밀어 놓기가 바쁘게 미아리 고개 위에 있는 버스 정류장으로 달려갑니다. 개처럼 숨을 헐떡거리면서 말입니다. 시골에서 처음으로 서울에 올라온 청년들의 눈에 가장 부럽고 신기하게 비치는 게 무언지 아십니까? 부러운 건 뭐니 뭐니 해도, 밤이 되면 빌딩들의 창에 켜지는 불빛, 아니 그 불빛 속에서 이리저리 움직이고 있는 사람들이고, 신기한 건 버스칸 속에서 일 센티미터도 안 되는 간격을 두고 자기 곁에 예쁜 아가씨가 서 있다는 사실입니다. 때로는 아가씨들과 팔목의 살을 대고 있기도 하고 허벅다리를 비비고 서 있을 수도 있어서 그것 때문에 나는 하루 종일 시내버스를 이것저것 갈아타면서 보낸 적도 있습니다. 물론 그날 밤에는 너무 피로해서 토했습니다만……."

　"잠깐, 무슨 얘기를 하시자는 겁니까?"

"꿈틀거리는 것을 사랑한다는 얘기를 하려던 참이었습니다. 들어보세요. 그 친구와 나는 출근 시간의 만원버스 속을 쓰리꾼들처럼 안으로 비집고 들어갑니다. 그리고 자리를 잡고 앉아 있는 젊은 여자 앞에 섭니다. 나는 한 손으로 손잡이를 잡고 나서, 달려오느라고 좀 멍해진 머리를 올리고 있는 손에 기댑니다. 그리고 내 앞에 앉아 있는 여자의 아랫배 쪽으로 천천히 시선을 보냅니다. 그러면 처음엔 얼른 눈에 뜨이지 않지만 시간이 조금 가고 내 시선이 투명해지면서부터 나는 그 여자의 아랫배가 조용히 오르내리는 것을 볼 수 있습니다……."

"오르내린다는 건…… 호흡 때문에 그러는 것이겠죠?"

"물론입니다. 시체의 아랫배는 꿈쩍도 하지 않으니까요. 하여튼…… 나는 그 아침의 만원버스칸 속에서 보는 젊은 여자 아랫배의 조용한 움직임을 보고 있으면 왜 그렇게 마음이 편안해지고 맑아지는지 모르겠습니다. 나는 그 움직임을 지독하게 사랑합니다."

"퍽 음탕한 얘기군요"라고 안은 기묘한 음성으로 말했다. 나는 화가 났다. 그 얘기는, 내가 만일 라디오의 박사 게임 같은 데에 나가게 돼서 '세상에서 가장 신선한 것은?'이라는 질문을 받게 되었을 때, 남들은 상추니 오월의 새벽이니 천사의 이마니 하고

대답하겠지만 나는 그 움직임이 가장 신선한 것이라고 대답하려니 하고 일부러 기억해 두었던 것이었다.

"아니 음탕한 얘기가 아닙니다." 나는 강경한 태도로 말했다. "그 얘기는 정말입니다."

"음탕하지 않다는 것과 정말이라는 것 사이엔 어떤 관계가 있죠?"

"모르겠습니다. 관계 같은 것은 난 모릅니다. 요컨대……."

"그렇지만 고 동작은 '오르내린다' 는 것이지 꿈틀거린다는 것은 아니군요. 김 형은 아직 꿈틀거리는 것을 사랑하지 않으시구면."

우리는 다시 침묵 속으로 떨어져서 술잔만 만지작거리고 있었다. 개새끼, 그게 꿈틀거리는 게 아니라고 해도 괜찮다, 하고 나는 생각하고 있었다. 그런데 잠시 후에 그가 말했다.

"난 지금 생각해 봤는데, 김 형의 그 오르내림도 역시 꿈틀거림의 일종이라는 결론을 얻었습니다."

"그렇죠?" 나는 즐거워졌다. "그것은 틀림없는 꿈틀거림입니다. 난 여자의 아랫배를 가장 사랑합니다. 안 형은 어떤 꿈틀거림을 사랑합니까?"

"어떤 꿈틀거림이 아닙니다. 그냥 꿈틀거리는 거죠. 그냥 말입니다. 예를 들면…… 데모도 ……."

"데모가? 데모를? 그러니까 데모……."

"서울은 모든 욕망의 집결지입니다. 아시겠습니까?"

"모르겠습니다"라고 나는 할 수 있는 한 깨끗한 음성을 지어서 대답했다.

그때 우리의 대화는 또 끊어졌다. 이번엔 침묵이 오래 계속되었다. 나는 술잔을 입으로 가져갔다. 내가 잔을 비우고 났을 때 그도 잔을 입에 대고 눈을 감고 마시고 있는 게 보였다. 나는 이젠 자리를 떠나야 할 때가 되었다고 다소 서글픈 기분으로 생각했다. 결국 그렇고 그렇다. 또 한번 확인된 것에 지나지 않다고 생각하면서 '자, 그럼 다음에 또……' 라고 말할까 '재미있었습니다' 라고 말할까, 궁리하고 있는데 술잔을 비운 안이 갑자기 한 손으로 내 한쪽 손을 살그머니 잡으면서 말했다.

"우리가 거짓말을 하고 있었다고 생각하지 않으십니까?"

"아니요." 나는 좀 귀찮은 생각이 들었다. "안 형은 거짓말을 했는지 모르지만 내가 한 얘기는 정말이었습니다."

"난 우리가 거짓말을 하고 있었던 것 같은 느낌이 듭니다." 그는 붉어진 눈두덩을 안경 속에서 두어 번 끔벅거리고 나서 말했다. "난 우리 또래의 친구를 새로 알게 되면 꼭 꿈틀거림에 대한 얘기를 하고 싶어집니다. 그래서 얘기를 합니다. 그렇지만 얘기는 오 분도 안 돼서 끝나 버립니다.”

나는 그가 무슨 이야기를 하고 있는지 알 듯하기도 했고 모를 것 같기도 했다.

“우리 다른 얘기합시다” 하고 그가 다시 말했다.

나는 심각한 얘기를 좋아하는 이 친구를 골려 주기 위해서, 그리고 한편으로는 자기의 음성을 자기가 들을 수 있는 취한 사람의 특권을 맛보고 싶어서 얘기를 시작했다.

“평화시장 앞에서 줄지어 선 가로등들 중에서 동쪽으로부터 여덟 번째 등은 불이 켜져 있지 않습니다…….” 나는 그가 좀 어리둥절해 하는 것을 보자 더욱 신이 나서 얘기를 계속했다.

“……그리고 화신 백화점 6층의 창들 중에서는 그중 세 개에서만 불빛이 나오고 있었습니다…….”

그러자 이번엔 내가 어리둥절해질 사태가 벌어졌다. 안의 얼굴에 놀라운 기쁨이 빛나기 시작했기 때문이다.

그가 빠른 말씨로 얘기하기 시작했다.

“서대문 버스 정류장에는 사람이 서른두 명 있는데 그중 여자가 열일곱 명이고 어린애는 다섯 명, 젊은이는 스물한 명, 노인이 여섯 명입니다.”

"그건 언제 일이지요?"

"오늘 저녁 일곱 시 십오 분 현재입니다."

"아" 하고 나는 잠깐 절망적인 기분이었다. 그 반작용인 듯 꽝장히 기분이 좋아져서 털어놓기 시작했다.

"단성사 옆 골목의 첫 번째 쓰레기통에는 초콜릿 포장지가 두 장 있습니다."

"그건 언제?"

"지난 14일 저녁 아홉 시 현재입니다."

"적십자병원 정문 앞에 있는 호두나무의 가지 하나는 부러져 있습니다."

"을지로 3가에 있는 간판 없는 한 술집에는 미자라는 이름을 가진 색시가 다섯 명 있는데, 그 집에 들어온 순서대로 큰 미자, 둘째 미자, 셋째 미자, 넷째 미자, 막내 미자라고 합니다."

"그렇지만 그건 다른 사람들도 알고 있겠군요. 그 술집에 들어가 본 사람은 꼭 김 형 하나뿐이 아닐 테니까요."

"아 참, 그렇군요. 난 미처 그걸 생각하지 못했는데. 난 그 중에 큰 미자와 하룻저녁 같이 잤는데 그 여자는 다음날 아침 일수 (日收:빌려준 돈의 원금과 이자를 일정한 날짜로 나눠 날마다 거둬들이는 일, 또는 그 빚)로 물건을 파는 여자가 왔을 때 내게 팬티 하나를 사주었습니다. 그런데 그 여자가 저금통으로 사용하고 있는 한 되들이 빈 술병에는 돈이 백십 원 들어 있었습니다."

"그건 얘기가 됩니다. 그 사실은 완전히 김 형의 소유입니다."

우리의 말투는 점점 서로를 존중해 가고 있었다. "나는……" 하고 우리는 동시에 말을 시작하기도 했다. 그럴 때는 번갈아서 서로 양보했다.

"나는……." 이번에는 그가 말할 차례였다. "서대문 근처에서 서울역 쪽으로 가는 전차의 트롤리(trolley:전차의 제일 꼭대기에 달려서 공중의 전선과 만나는 작은 쇠바퀴)가 내 시야 속에서 꼭 다섯 번 파란 불꽃을 튀기는 것을 보았습니다. 그건 오늘 밤 일곱 시 이십오 분에 거길 지나가는 전차였습니다."

"안 형은 오늘 저녁엔 서대문 근처에서 살고 있었군요."

"예, 서대문 근처에서만."

"난 종로 2가 쪽입니다. 영보빌딩 안에 있는 변소 문의 손잡이 조금 밑에는 약 이 센티미터 가량의 손톱자국이 있습니다."

하하하하, 하고 그는 소리 내어 웃었다.

"그건 김 형이 만들어 놓은 자국이겠지요?"

나는 무안했지만 고개를 끄덕이지 않을 수 없었다. 그건 사실 이었다.

"어떻게 아세요?" 하고 나는 그에게 물었다.

"나도 그런 경험이 있으니까요." 그가 대답했다.

"그렇지만 별로 기분 좋은 기억이 못 되더군요. 역시 우리는 그냥 바라보고 발견하고 비밀히 간직해 두는 편이 좋겠어요. 그런 짓을 하고 나서는 뒷맛이 좋지 않더군요."

"난 그런 짓을 많이 했습니다만 오히려 기분이 좋았……." 좋았다고 말하려고 했는데, 갑자기 내가 했던 모든 그것에 대한 혐오감이 치밀어서 나는 말을 그치고 그의 의견에 동의하는 고갯짓을 해버렸다.

그러자 그때 나는 이상스럽다는 생각이 들었다. 내가 약 삼십 분 전에 들은 말이 틀림없다면 지금 내 옆에서 안경을 번쩍이고 앉아 있는 친구는 틀림없는 부잣집 아들이고, 높은 공부를 한 청년이다. 그런데 왜 그가 이래야만 되는가?

"안 형이 부잣집 아들이라는 것은 사실이겠지요? 그리고 대학원 학생이라는 것도……." 내가 물었다.

"부동산만 해도 대략 삼천만 원쯤 되면 부자가 아닐까요? 물론 내 아버지 재산이지만 말입니다. 그리고 대학원생이라는 건 여기 학생증이 있으니까……."

그러면서 그는 호주머니를 뒤적거려서 지갑을 꺼냈다.

"학생증까진 필요 없습니다. 실은 좀 의심스러운 게 있어서요. 안 형 같은 사람이 추운 밤에 싸구려 선술집에서 나 같은 친구나 간직할 만한 일에 대해서 얘기하고 있다는 것이 이상스럽다는 생각이 방금 들었습니다."

"그건…… 그건…….” 그는 좀 열띤 음성으로 말했다. “그건…… 그렇지만 먼저 물어 보고 싶은 게 있는데요. 김 형이 추운 밤에 밤거리를 다니는 이유는 무엇입니까?"

"습관은 아닙니다. 나 같은 가난뱅이는 호주머니에 돈이 좀 생겨야 밤거리에 나올 수 있으니까요."

"글쎄, 밤거리에 나오는 이유는 무엇입니까?"

"하숙방에 들어앉아서 벽이나 쳐다보고 있는 것보다는 나으니까요."

"밤거리에 나오면 뭔가 좀 풍부해지는 느낌이 들지 않습니까?"

"뭐가요?"

"그 뭔가가. 그러니까 생(生)이라고 해도 좋겠지요. 김 형이 왜 그런 질문을 하는지 그 이유를 조금은 알 것 같습니다. 내 대답은 이렇습니다. 밤이 됩니다. 난 집에서 거리로 나옵니다. 난 모든 것에서 해방된 것을 느낍니다. 아니, 실제로는 그렇지 않을지도 모르지만 그렇게 느낀다는 말입니다. 김 형은 그렇게 안 느낍니까?"

"글쎄요."

"나는 사물의 틈에 끼여서가 아니라 사물을 멀리 두고 바라보게 됩니다. 안 그렇습니까?"

"글쎄요. 좀……."

"아니 어렵다고 말하지 마세요. 이를테면 낮엔 그저 스쳐 지나가던 모든 것이 밤이 되면 내 시선 앞에서 자기들의 벌거벗은 몸을 송두리째 드러내놓고 쩔쩔맨단 말입니다. 그런데 그게 의미가 없는 일일까요? 그런, 사물을 바라보며 즐거워한다는 일이 말입니다."

"의미요? 그게 무슨 의미가 있습니까? 난 무슨 의미가 있기 때문에 종로 2가에 있는 빌딩들의 벽돌 수를 헤아리는 일을 하는 게 아닙니다. 그냥……."

"그렇죠? 무의미한 겁니다. 아니 사실은 의미가 있는지도 모르지만 난 아직 그걸 모릅니다. 김 형도 아직 모르는 모양인데 우리 한번 함께 그거나 찾아볼까요. 일부러 만들어 붙이지는 말고요."

"좀 어리둥절하군요. 그게 안 형의 대답입니까? 난 좀 어리둥절한데요. 갑자기 의미라는 말이 나오니까."

"아 참, 미안합니다. 내 대답은 아마 이렇게 될 것 같군요. 그냥 뭔가 뿌듯해지는 느낌이 들기 때문에 밤거리로 나온다고." 그는 이번엔 목소리를 낮추어서 말했다. "김 형과 나는 서로 다른 길을 걸어서 같은 지점에 온 것 같습니다. 만일 이 지점이 잘못된 지점이라고 해도 우리 탓은 아닐 거예요." 그는 이번엔 쾌활한 음성으로 말했다. "자, 여기서 이럴 게 아니라 어디 따뜻한 데 가서 정식으로 한잔씩 하고 헤어집시다. 난 한 바퀴 돌고 여관으로 갑니다. 가끔 이렇게 밤거리를 쏘다니는 밤엔 꼭 여관에서 자고 갑니다. 여관엘 찾아든다는 프로가 내게는 최고죠."

우리는 각기 계산하기 위해서 호주머니에 손을 넣었다. 그때 한 사내가 우리에게 말을 걸어왔다. 우리 곁에서 술잔을 받아 놓고 연탄불에 손을 쬐고 있던 사내였는데, 술을 마시기 위해서 거기에 들어온 것이 아니라 불이 쬐고 싶어서 잠깐 들렀다는 꼴을 하고 있었다. 제법 깨끗한 코트를 입고 있었고 머리엔 기름도 얌전하게 발라서 카바이드 등의 불꽃이 너풀댈 때마다 머리칼의 하이라이트가 이리저리 움직이고 있었다. 그러나 어디선지는 분명하지는 않았지만 가난뱅이 냄새가 나는 서른대여섯 살짜리 사내였다. 아마 빈약하게 생긴 턱 때문이었을까, 아니면 유난히 새빨

간 눈시울 때문이었을까. 그 사내가 나나 안(安) 중의 어느 누구에게라고 할 것 없이 그냥 우리 쪽을 향하여 말을 걸어 온 것이다.

"미안하지만 제가 함께 가도 괜찮을까요? 제게 돈은 얼마 있습니다만……"이라고 그 사내는 힘없는 음성으로 말했다.

그 힘없는 음성으로 봐서는 꼭 끼워달라는 건 아니라는 것 같았지만, 한편으로는 우리와 함께 가고 싶은 생각이 간절하다는 것 같기도 했다. 나와 안은 잠깐 얼굴을 마주 보고 나서, "아저씨 술값만 있다면……"이라고 내가 말했다.

"함께 가시죠"라고 안도 내 말을 이었다.

"고맙습니다" 하고 그 사내는 여전히 힘없는 음성으로 말하면서 우리를 따라왔다.

안은 일이 좀 이상하게 되었다는 얼굴을 하고 있었고, 나 역시 유쾌한 예감이 들지는 않았다. 술좌석에서 알게 된 사람끼리는 의외로 재미있게 놀게 되는 것을 몇 번의 경험으로 알고 있었지만, 대개의 경우, 이렇게 힘없는 목소리로 끼어드는 양반은 없었다. 즐거움이 넘치고 넘친다는 얼굴로 요란스럽게 끼어들어야만 일이 되는 것이었다. 우리는 갑자기 목적지를 잊은 사람들처럼 사방을 두리번거리면서 느릿느릿 걸어갔다. 전봇대에 붙은 약 광고판 속에서는 예쁜 여자가 '춥지만 할 수 있느냐'는 듯한 쓸쓸

한 미소를 띠고 우리를 내려다보고 있었고, 어떤 빌딩의 옥상에
서는 소주 광고의 네온사인이 열심히 명멸하고 있었고, 소주 광
고 곁에서는 약 광고의 네온사인이 하마터면 잊어버릴 뻔했다는
듯이 황급히 꺼졌다간 다시 켜져서 오랫동안 빛나고 있었고, 이
젠 완전히 얼어붙은 길 위에는 거지가 돌덩이처럼 여기저기 엎드
려 있었고, 그 돌덩이 앞을 사람들이 힘껏 웅크리고 빠르게 지나
가고 있었다. 종이 한 장이 바람에 쉭 날리어 거리의 저쪽에서 이
쪽으로 날아오고 있었다. 그 종잇조각은 내 발밑에 떨어졌다. 나
는 그 종잇조각을 집어 들었는데 그것은 '미희(美姬) 서비스, 특별
염가(特別廉價)'라는 것을 강조한 어느 비어홀의 광고지였다.

"지금 몇 시쯤 되었습니까?" 하고 힘없는 아저씨가 안에게
물었다.

"아홉 시 십 분 전입니다"라고 잠시 후에 안이 대답했다.

"저녁들은 하셨습니까? 난 아직 저녁을 안 했는데, 제가 살 테
니까 같이 가시겠어요?" 하고 힘없는 아저씨가 이번엔 나와 안
을 번갈아 보며 말했다.

"먹었습니다" 하고 나와 안은 동시에 대답했다.

"혼자서 하시죠"라고 내가 말했다.

"그만 두겠습니다." 힘없는 아저씨가 대답했다.

"하세요. 따라가 드릴 테니까요." 안이 말했다.

"감사합니다. 그럼……."

우리는 근처의 중국 요릿집으로 들어갔다. 방으로 들어가서 앉았을 때, 아저씨는 또 한 번 간곡하게 우리가 뭘 좀 들 것을 권했다. 우리는 또 한 번 사양했다. 그는 또 권했다.

"아주 비싼 걸 시켜도 괜찮겠습니까?"라고 나는 그의 권유를 철회시키기 위해서 말했다.

"네, 사양 마시고." 그가 처음으로 힘 있는 목소리로 말했다. "돈을 써버리기로 결심했으니까요."

나는 그 사내에게 어떤 꿍꿍이속이 있는 것만 같은 느낌이 들어서 좀 불안했지만, 통닭과 술을 시켜 달라고 했다. 그는 자기가 주문한 것 외에 내가 말한 것도 사환에게 청했다. 안은 어처구니없는 얼굴로 나를 보았다. 나는 그때 마침 옆방에서 들려오고 있는 여자의 불그레한 신음 소리를 듣고만 있었다.

"이 형도 뭘 좀 드시죠?"라고 아저씨가 안에게 말했다.

"아니 전……." 안은 술이 다 깬다는 듯이 펄쩍 뛰고 사양했다.

우리는 조용히 옆방의 다급해져 가는 신음 소리에 귀를 기울이고 있었다. 전차의 끽끽거리는 소리와 홍수 난 강물 소리 같은 자동차들의 달리는 소리도 희미하게 들려오고 있었고, 가까운 곳에선 이따금 초인종 울리는 소리도 들렸다. 우리의 방은 어색한 침묵에 싸여 있었다.

"말씀드리고 싶은 게 있는데요." 마음씨 좋은 아저씨가 말하기 시작했다. "들어 주시면 고맙겠습니다……. 오늘 낮에 제 아내가 죽었습니다. 세브란스 병원에 입원하고 있었는데……." 그는 이젠 슬프지도 않다는 얼굴로 우리를 빤히 쳐다보며 말하고 있었다.

"네에에" "그거 안되셨군요"라고 안과 나는 각각 조의를 표했다.

"아내와 나는 참 재미있게 살았습니다. 아내가 어린애를 낳지 못하기 때문에 시간은 몽땅 우리 두 사람의 것이었습니다. 돈은 넉넉하지 못했습니다만 그래도 돈이 생기면 우리는 어디든지 같이 다니면서 재미있게 지냈습니다. 딸기 철엔 수원에도 가고, 포도 철엔 안양에도 가고, 여름이면 대천에도 가고, 가을엔 경주에도 가보고, 밤엔 영화 구경, 쇼 구경하러 열심히 극장에 쫓아다니기도 했습니다……."

"무슨 병환이셨던가요?" 하고 안이 조심스럽게 물었다.

"급성 뇌막염이라고 의사가 그랬습니다. 아내는 옛날에 급성 맹장염 수술을 받은 적도 있고, 급성 폐렴을 앓은 적도 있다고 했습니다만 모두 괜찮았는데 이번의 급성엔 결국 죽고 말았습니다…… 죽고 말았습니다."

사내는 고개를 떨구고 한참 동안 무언지 입을 우물거리고 있었다. 안이 손가락으로 내 무릎을 찌르며 우리는 꺼지는 게 어떻겠느냐는 눈짓을 보냈다. 나 역시 동감이었지만 그때 그 사내가 다시 고개를 들고 말을 계속했기 때문에 우리는 눌러앉아 있을 수밖에 없었다.

"아내와는 재작년에 결혼했습니다. 우연히 알게 됐습니다. 친정이 대구 근처에 있다는 얘기만 했지 한 번도 친정과는 내왕(來往:오고 감, 왕래)이 없었습니다. 난 처갓집이 어딘지도 모릅니다. 그래서 할 수 없었어요." 그는 다시 고개를 떨구고 입을 우물거렸다.

"뭘 할 수 없었다는 말입니까?" 내가 물었다.

그는 내 말을 못 들은 것 같았다. 그러나 한참 후에 다시 고개를 들고 마치 애원하는 듯한 눈빛으로 말을 이었다.

"아내의 시체를 병원에 팔았습니다. 할 수 없었습니다. 난 서적 월부판매 외판원에 지나지 않습니다. 할 수 없었습니다. 돈 사천 원을 주더군요. 난 두 분을 만나기 얼마 전까지도 세브란스 병원 울타리 곁에 서 있었습니다. 아내가 누워 있을 시체실이 있는 건물을 알아보려고 했습니다만 어딘지 알 수 없었습니다. 그냥 울타리 곁에 앉아서 병원의 큰 굴뚝에서 나오는 희끄무레한 연기만 바라보고 있었습니다. 아내는 어떻게 될까요? 학생들이 해부 실습하느라고 톱으로 머리를 가르고 칼로 배를 째고 한다는데 정말 그러겠지요?"

우리는 입을 다물고 있을 수밖에 없었다. 사환이 다꾸앙과 양파가 담긴 접시를 갖다 놓고 나갔다.

"기분 나쁜 얘길 해서 미안합니다. 다만 누구에게라도 얘기하지 않고서는 견딜 수 없었습니다. 한 가지만 의논해 보고 싶은데, 이 돈을 어떻게 하면 좋을까요? 저는 오늘 저녁에 다 써버리고 싶은데요."

"쓰십시오." 안이 얼른 대답했다.

"이 돈이 다 없어질 때까지 함께 있어 주시겠어요?" 사내가 말했다. 우리는 얼른 대답하지 못했다. "함께 있어 주십시오." 사내가 말했다. 우리는 승낙했다.

"멋있게 한번 써 봅시다"라고 사내는 우리와 만난 후 처음으로 웃으면서, 그러나 여전히 힘없는 음성으로 말했다.

중국집에서 거리로 나왔을 때는 우리는 모두 취해 있었고, 돈은 천 원이 없어졌고, 사내는 한쪽 눈으로는 울고 다른 쪽 눈으로는 웃고 있었고, 안은 도망갈 궁리를 하기에도 지쳐버렸다고 내게 말하고 있었고, 나는 "악센트 찍는 문제를 모두 틀려버렸단 말야, 악센트 말야"라고 중얼거리고 있었고, 거리는 영화에서 본 식민지의 거리처럼 춥고 한산했고, 그러나 여전히 소주 광고는 부지런히, 약 광고는 게으름을 피우며 반짝이고 있었고, 전봇대의 아가씨는 '그저 그래요' 라고 웃고 있었다.

"이제 어디로 갈까?" 하고 아저씨가 말했다.

"어디로 갈까?" 안이 말하고,

"어디로 갈까?"라고 나도 그들의 말을 흉내냈다.

아무 데도 갈 데가 없었다. 방금 우리가 나온 중국집 곁에 양품점의 쇼윈도가 있었다. 사내가 그쪽을 가리키며 우리를 끌어당겼다. 우리는 양품점 안으로 들어갔다.

"넥타이를 하나 골라 가져. 내 아내가 사주는 거야." 사내가 호통을 쳤다.

우리는 알록달록한 넥타이를 하나씩 들었고, 돈은 육백 원이 없어져버렸다. 우리는 양품점에서 나왔다.

"어디로 갈까?"라고 사내가 말했다.

갈 데는 계속해서 없었다. 양품점의 앞에는 귤장수가 있었다.

"아내는 귤을 좋아했다"고 외치며 사내는 귤을 벌여 놓은 수레

앞으로 돌진했다. 돈 삼백 원이 없어졌다. 우리는 이빨로 귤껍질을 벗기면서 그 부근에서 서성거렸다.

"택시!" 사내가 고함쳤다.

택시가 우리 앞에서 멎었다. 우리가 차에 오르자마자 사내는 "세브란스로!"라고 말했다.

"안 됩니다. 소용없습니다." 안이 재빠르게 외쳤다.

"안 될까?" 사내는 중얼거렸다. "그럼 어디로?" 아무도 대답하지 않았다.

"어디로 가시는 겁니까?"라고 운전수가 짜증난 음성으로 말했다. "갈 데가 없으면 빨리 내리쇼."

우리는 차에서 내렸다. 결국 우리는 중국집에서 스무 발짝도 더 벗어나지 못하고 있었다. 거리의 저쪽 끝에서 요란한 사이렌 소리가 나타나서 점점 가깝게 달려들었다. 소방차 두 대가 우리 앞을 빠르고 시끄럽게 지나쳐 갔다.

"택시!" 사내가 고함쳤다.

택시가 우리 앞에 멎었다. 우리가 차에 오르자마자 사내는 "저 소방차 뒤를 따라갑시다"라고 말했다.

나는 귤껍질 세 개째를 벗기고 있었다.

"지금 불구경하러 가고 있는 겁니까?"라고 안이 아저씨에게 말했다. "안 됩니다. 시간이 없습니다. 벌써 열 시 반인데요. 좀 더 재미있게 지내야죠. 돈은 이제 얼마 남았습니까?"

아저씨는 호주머니를 뒤져서 돈을 모두 털어 냈다. 그리고 그 것을 안에게 건네줬다. 안과 나는 헤아려 봤다. 천구백 원하고 동전이 몇 개, 십 원짜리가 몇 장이 있었다.

"됐습니다." 안은 다시 돈을 돌려주면서 말했다. "세상엔 다행 히 여자의 특징만 중점적으로 내보이는 여자들이 있습니다."

"내 아내 얘깁니까?"라고 사내가 슬픈 음성으로 물었다. "내 아내의 특징은 잘 웃는다는 것이었습니다."

"아닙니다. 종삼(鐘三)으로 가자는 얘기였습니다." 안이 말했다.

사내는 안을 경멸하는 듯한 웃음을 띠며 고개를 돌려버렸다. 그러는 사이에 우리는 화재가 난 곳에 도착했다. 삼십 원이 없어 졌다. 화재가 난 곳은 아래층인 페인트 상점이었는데 지금은 미 용학원인 2층에서 불길이 창으로부터 뿜어 나오고 있었다. 경찰 들의 호각 소리, 소방차들의 사이렌 소리, 불길 속에서 나는 탁 탁 소리, 물줄기가 건물의 벽에 부딪쳐서 나는 소리. 그러나 사 람들의 소리는 아무것도 나지 않았다. 사람들은 불빛에 비쳐 무 안당한 사람처럼 붉은 얼굴로, 정물처럼 서 있었다.

우리는 발밑에 굴러 있는 페인트 든 통을 하나씩 궁둥이 밑에

깔고 웅크리고 앉아서 불구경을 했다. 나는 불이 좀더 오래 타기를 바랐다. 미용학원이라는 간판에 불이 붙고 있었다. '원' 자에 불이 붙기 시작했다.

"김 형, 우린 우리 얘기나 합시다" 하고 안이 말했다. "화재 같은 건 아무것도 아닙니다. 내일 아침 신문에서 볼 것을 오늘밤에 미리 봤다는 차이밖에 없습니다. 저 화재는 김 형의 것도 아니고 내 것도 아니고 이 아저씨 것도 아닙니다. 우리 모두의 것이 돼버립니다. 그러나 화재는 항상 계속해서 나고 있는 건 아닙니다. 그렇기 때문에 난 화재엔 흥미가 없습니다. 김 형은 어떻게 생각하십니까?"

"동감입니다." 나는 아무렇게나 대답하며 이젠 '학' 자에 불이 붙고 있는 것을 보았다.

"아니, 난 방금 말을 잘못했습니다. 화재는 우리 모두의 것이 아니라 화재는 오로지 화재 자신의 것입니다. 화재에 대해서 우리는 아무것도 아닙니다. 그러기 때문에 난 화재에 흥미가 없습니다. 김 형은 어떻게 생각하십니까?"

물줄기 하나가 불타고 있는 '학' 으로 달려들고 있었다. 물이 닿은 곳에선 회색 연기가 피어올랐다. 힘없는 아저씨가 갑자기 힘차게 깡통으로부터 일어섰다.

"내 아냅니다" 하고 사내는 환한 불길 속을 손가락질하며 눈을 크게 뜨고 소리쳤다. "내 아내가 머리를 막 흔들고 있습니다. 골치가 깨질 듯이 아프다고 머리를 막 흔들고 있습니다. 여보……."

"골치가 깨질 듯이 아픈 게 뇌막염의 증세입니다. 그렇지만 저건 바람에 휘날리는 불길입니다. 앉으세요. 불 속에 아주머님이 계실 리가 있습니까?'라고 안이 아저씨를 끌어 앉히며 말했다. 그러고 나서 안은 나에게 나지막하게 속삭였다. "이 양반, 우릴 웃기는데요."

나는 꺼졌다고 생각하고 있던 '학'에 다시 불이 붙고 있는 것을 보았다. 물줄기가 다시 그곳으로 뻗어가고 있었다. 그러나 물줄기는 겨냥을 잘 잡지 못하고 이러 저리 흔들리고 있었다. 불은 날쌔게 '용' 자를 핥고 있었다. 나는 '미'까지 어서 불붙기를 바라고 있었고, 그리고 그 간판에 불이 붙은 과정을 그 많은 불 구경꾼들 중에서 나 혼자만 알고 있기를 바랐다. 그러나 그때 문득 나는 불이 생명을 가진 것처럼 생각되어서, 내가 조금 전에 바라고 있던 것을 취소해버렸다.

무언가 하얀 것이 우리가 웅크리고 앉아 있는 곳에서 불타고 있는 건물 쪽으로 날아가는 것이 보였다. 그 비둘기는 불 속으로 떨어졌다.

"무엇이 불 속으로 날아 들어갔지요?" 내가 안을 돌아다보며 물었다.

"예, 뭐가 날아갔습니다." 안은 나에게 대답하고 나서 이번엔 아저씨를 돌아다보며 "보셨어요?" 하고 그에게 물었다.

아저씨는 잠자코 앉아 있었다. 그때 순경 한 사람이 우리 쪽으로 달려왔다.

"당신이다"라고 순경은 아저씨를 한 손으로 붙잡으면서 말했다. "방금 무엇을 불 속에 던졌소?"

"아무것도 안 던졌습니다."

"뭐라구요?" 순경은 때릴 듯한 시늉을 하며 아저씨에게 소리쳤다. "내가 던지는 걸 봤단 말요. 무얼 불 속에 던졌소?"

"돈입니다."

"돈?"

"돈과 돌을 수건에 싸서 던졌습니다."

"정말이오?" 순경은 우리에게 물었다.

"예, 돈이었습니다. 이 아저씨는 불난 곳에 돈을 던지면 장사가 잘 된다는 이상한 믿음을 가졌답니다. 말하자면 좀 돌았다고 할 수 있는 사람이지만 나쁜 짓은 결코 하지 않는 장사꾼입니다." 안이 대답했다.

"돈은 얼마였소?"

"일 원짜리 동전 한 개였습니다." 안이 다시 대답했다.

순경이 가고 났을 때 안이 사내에게 물었다.

"정말 돈을 던졌습니까?"

"예."

"모두?"

"예."

우리는 꽤 오랫동안 불꽃이 튀는 탁탁 소리에 귀를 기울이고 있었다. 한참 후에 안이 사내에게 말했다.

"결국 그 돈은 다 쓴 셈이군요……. 자, 이젠 약속이 끝났으니 우린 가겠습니다."

"안녕히 계십시오"라고 나는 아저씨에게 작별 인사를 했다.

안과 나는 돌아서서 걷기 시작했다. 사내가 우리를 쫓아와서 안과 나의 팔을 한쪽씩 붙잡았다.

"나 혼자 있기가 무섭습니다." 그는 벌벌 떨며 말했다.

"곧 통행금지 시간이 됩니다. 난 여관으로 가서 잘 작정입니다." 안이 말했다.

"난 집으로 갈 겁니다." 내가 말했다.

"함께 갈 수 없겠습니까? 오늘밤만 같이 지내 주십시오. 부탁합니다. 잠깐만 저를 따라와 주십시오." 사내는 말하고 나서 나를 붙잡고 있는 자기의 팔을 부채질하듯이 흔들었다. 아마 안의 팔에 대해서도 그렇게 했으리라.

"어디로 가자는 겁니까?" 나는 아저씨에게 물었다.

"여관비를 구하러 잠깐 이 근처에 들렀다가 모두 함께 여관으로 갔으면 하는데요."

"여관에요?" 나는 내 호주머니 속에 든 돈을 손가락으로 계산해 보며 말했다.

"아닙니다. 폐를 끼쳐 드리고 싶지 않습니다. 잠깐만 절 따라와 주십시오."

"돈을 빌리러 가는 겁니까?"

"아닙니다. 받아야 할 돈이 있습니다."

"이 근처에요?"

"예, 여기가 남영동이라면."

"아마 틀림없는 남영동인 것 같군요." 내가 말했다.

사내가 앞장을 서고 안과 내가 그 뒤를 쫓아서 우리는 화재로부터 멀어져 갔다.

"빚 받으러 가기에는 시간이 너무 늦었습니다." 안이 사내에게 말했다.

"그렇지만 저는 받아야만 합니다."

우리는 어느 어두운 골목길로 들어섰다. 골목의 모퉁이를 몇 개인가 돌고 난 뒤에 사내는 대문 앞에 전등이 켜져 있는 집 앞에서 멈췄다. 나와 안은 사내로부터 열 발짝쯤 떨어진 곳에서 멈췄다. 사내가 벨을 눌렀다. 잠시 후에 대문이 열리고, 사내가 대문 앞에 선 사람과 말하는 소리가 들렸다.

"주인 아저씨를 뵙고 싶은데요."

"주무시는데요."

"그럼 주인 아주머니는……."

"주무시는데요."

"꼭 뵈어야겠는데요."

"기다려 보세요."

대문이 다시 닫혔다. 안이 달려가서 사내의 팔을 잡아끌었다.

"그냥 가시죠?"

"괜찮습니다. 받아야 할 돈이니까요."

안이 다시 먼저 서 있던 곳으로 걸어왔다. 대문이 열렸다.

"밤늦게 죄송합니다." 사내가 대문을 향해 고개를 숙이며 말했다.

"누구시죠?" 대문은 잠에 취한 여자의 음성을 냈다.

"죄송합니다. 이렇게 너무 늦게 찾아와서 실은……."

"누구시죠? 술 취하신 것 같은데……."

"월부 책값 받으러 온 사람입니다" 하고 사내는 비명 같은 높은 소리로 외쳤다.

"월부 책값 받으러 온 사람입니다." 이번엔 사내는 문기둥에 두 손을 짚고 앞으로 뻗은 자기 팔 위에 얼굴을 파묻으며 울음을 터뜨렸다. "월부 책값 받으러 온 사람입니다. 월부 책값……." 사내는 계속해서 흐느꼈다.

"내일 낮에 오세요." 대문이 탁 닫혔다.

사내는 계속해서 울고 있었다. 사내는 가끔 "여보"라고 중얼거리며 오랫동안 울고 있었다.

우리는 여전히 열 발짝쯤 떨어진 곳에서 그가 울음을 그치기를 기다리고 있었다. 한참 후에 그가 우리 앞으로 비틀비틀 걸어왔다. 우리는 모두 고개를 숙이고 어두운 골목길을 걸어서 거리로 나왔다. 적막한 거리에는 찬바람이 세차게 불고 있었다.

"몹시 춥군요"라고 사내는 우리를 염려한다는 음성으로 말했다.

"추운데요. 빨리 여관으로 갑시다." 안이 말했다.

"방을 한 사람씩 따로 잡을까요?" 여관에 들어갔을 때 안이 우리에게 말했다. "그게 좋겠지요?"

"모두 한방에 드는 게 좋겠어요."라고 나는 아저씨를 생각해서 말했다.

아저씨는 그저 우리 처분만 바란다는 듯한 태도로, 또는 지금 자기가 서 있는 곳이 어딘지도 모른다는 태도로 멍하니 서 있었다. 여관에 들어서자 우리는 모든 프로가 끝나버린 극장에서 나오는 때처럼 어찌할 바를 모르고 거북스럽기만 했다. 여관에 비한다면 거리가 우리에게는 더 좋았던 셈이었다. 벽으로 나누어진 방들, 그것이 우리가 들어가야 할 곳이었다.

"모두 같은 방에 들기로 하는 것이 어떻겠어요?" 내가 다시 말했다.

"난 아주 피곤합니다." 안이 말했다. "방은 각각 하나씩 차지하고 자기로 하지요."

"혼자 있기가 싫습니다"라고 아저씨가 중얼거렸다.

"혼자 주무시는 게 편하실 거예요." 안이 말했다.

우리는 복도에서 헤어져 사환이 지적해 준, 나란히 붙은 방 세 개에 각각 한 사람씩 들어갔다.

"화투라도 사다가 놉시다." 헤어지기 전에 내가 말했지만,

"난 아주 피곤합니다. 하시고 싶으면 두 분이나 하세요"라고 안은 말하고 나서 자기의 방으로 들어가버렸다.

"나도 피곤해 죽겠습니다. 안녕히 주무세요"라고 나는 아저씨에게 말하고 나서 내 방으로 들어갔다. 숙박계엔 거짓 이름, 거짓 주소, 거짓 나이, 거짓 직업을 쓰고 나서 사환이 가져다 놓은 자리끼(잠자리에서 마시기 위해 머리맡에 미리 떠 놓는 물)를 마시고 나는 이불을 뒤집어썼다. 나는 꿈도 안 꾸고 잘 잤다.

다음날 아침 일찍 안이 나를 깨웠다.

"그 양반, 역시 죽어버렸습니다." 안이 내 귀에 입을 대고 그렇게 속삭였다.

"예?" 나는 잠이 깨끗이 깨어버렸다.

"방금 그 방에 들어가 보았는데 역시 죽어버렸습니다."

"역시……." 나는 말했다. "사람들이 알고 있습니까?"

"아직까진 아무도 모르는 것 같습니다. 우선 빨리 도망해버리는 게 시끄럽지 않을 것 같습니다."

"자살이지요?"

"물론 그것이겠죠."

나는 급하게 옷을 주워 입었다. 개미 한 마리가 방바닥을 내 발이 있는 쪽으로 기어오고 있었다. 그 개미가 내 발을 붙잡으려고 하는 것 같은 느낌이 들어서 나는 얼른 자리를 옮겨 디디었다.

　밖의 이른 아침에는 싸락눈이 내리고 있었다. 우리는 할 수 있
는 한 빠른 걸음으로 여관에서 멀어져 갔다.

　"난 그 사람이 죽으리라는 것을 알고 있었습니다." 안이 말
했다.

　"난 짐작도 못했습니다"라고 나는 사실대로 이야기했다.

　"난 짐작하고 있었습니다." 그는 코트의 깃을 세우며 말했다.
"그렇지만 어떻게 합니까?"

　"그렇지요. 할 수 없지요. 난 짐작도 못 했는데⋯⋯." 내가 말
했다.

　"짐작했다고 하면 어떻게 하겠어요?" 그가 내게 물었다.

　"씨팔것, 어떻게 합니까? 그 양반 우리더러 어떡하라는 건
지⋯⋯."

　"그러게 말입니다. 혼자 놓아두면 죽지 않을 줄 알았습니다.
그게 내가 생각해 본 최선의, 그리고 유일한 방법이었습니다."

　"난 그 양반이 죽으리라는 짐작도 못 했으니까요. 씨팔것, 약
을 호주머니에 넣고 다녔던 모양이군요."

　안은 눈을 맞고 있는 어느 앙상한 가로수 밑에서 멈췄다. 나도
그를 따라가서 멈췄다. 그가 이상하다는 얼굴로 나에게 물었다.

"김 형, 우리는 분명히 스물다섯 살짜리죠?"

"난 분명히 그렇습니다."

"나도 그건 분명합니다." 그는 고개를 한번 기웃했다.

"두려워집니다."

"뭐가요?" 내가 물었다.

"그 뭔가가, 그러니까……." 그가 한숨 같은 음성으로 말했다. "우리가 너무 늙어 버린 것 같지 않습니까?"

"우린 이제 겨우 스물다섯 살입니다." 나는 말했다.

"하여튼……" 하고 그가 내게 손을 내밀며 말했다.

"자, 여기서 헤어집시다. 재미 많이 보세요." 하고 나도 그의 손을 잡으며 말했다.

우리는 헤어졌다. 나는 마침 버스가 막 도착한 길 건너편의 버스 정류장으로 달려갔다. 버스에 올라서 창으로 내다보니 안은 앙상한 나뭇가지 사이로 내리는 눈을 맞으며 무언지 곰곰이 생각하고 서 있었다.

역사(力士)

서울에서 하숙을 하고 있는 사람들은 그 수도 꽤 많지만 경우도 가지가지인 모양이다. 그 사람들이 자기가 들어 있는 하숙집에서 보고 듣고 느낀 것을 모두 얘기한다면 신기하고 놀랍고 재미있는 얘기가 헤아릴 수 없이 많겠는데, 여기 옮겨 놓는 얘기도 아마 그런 것들 중의 하나라고나 할까. 내가 언젠가 어느 공원의 벤치에 앉았다가 우연히 말을 주고받게 된, 머리털이 텁수룩한 한 젊은이에게서 들은 것으로서 허풍도 좀 섞인 듯하고 그리고 얘기의 본론과 결론이 어긋나 있는 듯하기도 하지만 그런대로 뭐랄까 상징적인 데도 있는 것 같아서 여기에 들은 그대로를 옮겨 보는 것이다.

내가 눈을 떴을 때 내 코는 벽에 거의 닿을 듯 말 듯했다. 낮잠을 자는 동안 나는 벽에 얼굴을 바싹 대고 있었던 모양이다. 벽은 하얀 회(灰:석회의 준말)로 발라져 있었고 지나치게 깨끗했다. 내 방은 이렇지 않은데, 하고 나는 어리둥절했다. 남의 집에서 잠이 든 것이었을까, 혹은 '의식을 회복하고 보니 병원이더라' 라는 경우 속에 있는 것일까 하고 나는 생각했다.

기억, 특히 어렸을 때의 기억이지만, 친척 집에 놀러 갔다가 자고 오지 않으면 안 되게 된 날 밤은 유난히 곧잘 한밤중에 잠이 깨는 것이고 말똥말똥한 눈으로 천장을 올려다보고 있노라면, 그 집 밖의 가등(街燈)에 켜진 불빛이 창으로 스며들어와 천장의 무늬들을 희미하게 떠올리는 것이었는데, 그러면 아, 여긴 남의 집이다, 고 깨닫게 되고 우리 집 천장의 무늬를 누운 채 손가락으로 허공에 그려 보며 지금 그 무늬 밑에서 잠들어 있을 집안 식구들의 생각에 잠을 이루지 못하고 있다가 동이 트자마자 살그머니 그 친척 집을 빠져나와서 집으로 달려와 버리던 적이 많았었다. 그러나 그건 한밤중의 일이었지만 지금은 대낮이다. 그리고 그건 옛날, 어렸을 때의 일이었지만 지금은 청년이다. 그리고 그건 내 의식 속에서는 이미 추방돼버린 고향에서의 일이었지만 지금 여기는 서울이다.

나는 천천히 고개를 돌려 천장을 올려다보았다. 천장은 아무런 무늬도 없는 갈색 베니어(얇은 널빤지를 여러 장 포개어 붙인 합판)로 되어 있었다. 무늬가 있다면 파문(波紋:수면에 이는 물결의 무늬)을 닮은 나뭇결이 겨우 알아볼 수 있을 정도인 것이다. 더구나 천장이 꽤 높았다. 나의 방은 이렇지 않은 것이다. 일어서면 머리를 숙여야 할 정도로 천장이 낮고 거기엔 육각형의 무늬 있는 도배지가 발라져 있는데 그것은 처음엔 푸른색이었던 모양이지만 지금은 빗물이 새어서 만들어진 얼룩 등으로 누렇게 변색되어 있다. 더구나 내 방의 천장은 지금 내가 누워서 보고 있는 천장처럼 팽팽하지도 않고 가운데 부분이 축 늘어져서 포물선을 이루고 있는 것이다. 빈민가의 집들에서만 볼 수 있는 천장. 그렇다, 나의 방은 동대문 곁에 있는 창신동 빈민가에 있는 것이다. 지구가 부서졌다가 다시 생겨난다 해도 그 나의 방은 지금의 이 방처럼 깨끗하지가 못하다. 나는 얼른 고개를 돌려서 좀 전에 내가 코를 대고 낮잠을 자던 하얀 벽을 살펴보았다. 이것이 내 방이라면, 신문지로 도배된 벽에 볼펜 글씨의 이런 낙서가 분명히 있을 터이다 — '창신동에 사는 사람들은 모두 개새끼들이외다'.

나는 그 낙서가 언제부터 기기에 있었는지 모르지만 나처럼 전에 이 방에 하숙을 들어 있던 사람이, 밖에 비라도 오는 어느 날, 할 일 없이 누웠다가 누운 그 자세대로 손만을 들어서 적어 놓은 것이라는 상상을 할 수는 있었다. 왜냐하면 그 방이 (그 방의 밖에서 들려오는 소음까지 포함해서) 그 방 속에 있는 사람들에게 주는 절망감이라든가 그리고 무엇보다도 자기는 이 넓은 세계 속에서 더럽기 짝이 없는 이 방만을 겨우 차지할 수밖에 없느냐는 자기 혐오에서 그 방 속에 든 사람은 누구나 그런 낙서를 하지 않고서는 배겨나지 못했을 것이기 때문이다. 다시 말해서 그 어떤 사람이 그 낙서를 하지 않았더라면 아마 내가 했을지도 모른다는 것이다. 그래서 나는 그 30년대 식의 표현을 사랑했다. 그리고 대가(大家)의 문장(文章)처럼 믿음직스럽다고 생각하고 있었던 것이다. 지상에 있는 헤아릴 수 없이 많은 방들 중에서 내가 나의 방을 구별해 낼 수가 있다면 그 낙서로써 그럴 수밖에 없을 것이다.

나는 내가 방금 잠이 깬 방의 하얀 회가 발라진 벽을 찬찬히 살펴보았다. 그러나 그 낙서는 없었다. 지나치게 깨끗했다. 그러자 나는 내가 누워 있는 방 전체를 보고 싶어져서 천천히 — 내가 몸을 돌렸을 때 나는 방 가운데서 무서운 괴물이라도 보지 않을 수 없다는 듯이 천천히 몸을 반대편으로 돌렸다. 물론 괴물 같은 건 없었다. 내가 덮고 있던 홑이불 자락이 내 몸 밑으로 깔렸을 뿐이다.

나는 방 안을 찬찬스럽게 눈으로 더듬었다. 내 오른쪽 벽의 구석진 곳에 다색(茶色)의 나왕(나무의 한 종(種))으로 된 방문이 있다. 내 맞은편 벽에 기대서 책들이 좀 무질서하게 줄을 지어 서 있다. 나를 향하고 있는 책의 등에 적혀진 그 책들의 표제(表題)를 나는 읽었다. 『演劇槪論(연극개론)』『悲劇論(비극론)』『現代演劇의 諸問題(현대연극의 모든 문제)』『現代演劇의 臺辭(현대연극의 대사)』『History of drama』 등. 이것은 내 전공 부분의 책들, 바로 나의 책들이었다. 그리고 핀이 빠졌는지 캘린더가 벽에서 떨어져서 마치 단정치 못한 여자가 주저앉아 있는 듯한 모습으로 방바닥에 널려져 있고 왼쪽 벽 구석 가까이에 잉크병, 노트들, 펜들, 나의 세면도구, 재떨이, 담배가 몇 개비 빈 '진달래', 찌그러진 성냥통, 그리고 내 기타가 역시 무질서하게 놓여져 있거나 벽에 기대어져 있고 벽의 옷걸이에는 내 옷들이 걸려져 있었다. 모든 것이 나의 소유였다. 그러면 이건 나의 방이다, 라고 나는 생각했다. 그러나 방은, 여기저기 붙어 있어야 할 여자의 나체사진 한 장도 없이 이렇게 깨끗하고 아담할 리가 없는 것이다.

더구나 밖에서는 아무 소리도 들려오지 않는 것이다. 나는 방바닥에 풀어 놓은 팔목시계를 보았다. 네 시였다.

오후 네 시라면, 방에서 멀지 않은 시장에서 장사치 여자들이

떠들어대는 소리, 집 안에서 나는 수돗물 흐르는 소리, 옆방에서 무슨 내용인지는 모르나 들려오는 웅웅거림, 창 밖으로 지나가는 기동차(气動車:내부적으로 연료를 연소시켜 운행하는 철도차량)의 덜커덕거리는 궤음(軌音)과 경적(警笛)의 날카로운 소리가 들려와야 하는 것이다. 거대한 기계가 돌아가고 그 기계에 수많은 새들이 치여 죽어 가는 경우를 상상할 때, 그런 경우에 곁에 서 있는 사람이 들을 수 있는 소리를 나는 듣고 있어야 하는 것이다. 그런데 조용하다. 아무 소리도 없는 것이 이상하다. 마치 여름날 숲 속에 들어앉아 있는 것처럼 조용하다니.

그러자 방 밖에서 마루를 가볍게 걷는 소리가 나고 잠시 후에 피아노 소리가 쾅 울려 왔다. 바로 방문의 밖인 듯싶었다.

피아노 소리라니, 이 빈민굴에. 아, 그러자 나는 생각났다. 네 시. 피아노 소리. 이 병원처럼 깨끗한 방. 나는 약 일 주일 전에 창신동의 그 지저분한 방에서 이 깨끗한 양옥으로 하숙을 옮겼던 것이다.

들려오고 있는 곡은 '엘리제를 위하여' 였다. 내가 옮아온 뒤의 약 일 주일 동안 매일 오후 네 시에 피아노가 울렸고 그 곡은 '엘리제를 위하여' 였었다. 아마 내가 오기 전에도 네 시에 피아노가 울렸고 그 곡은 '엘리제를 위하여' 였었을 것이다.

나는 그제야 기지개를 켜고 일어나 앉았다. 생각하면 어처구니없는 기억의 단절이었다.

물론 무엇인가를 깜빡 잊어버리는 때가 흔히 있는 법이다. 우스운 얘기지만 심지어 오줌 누는 법을 잊어버린 때도 있었다. 언젠가 어느 다방에 가서 (그 다방은 어느 건물의 이층에 있었는데 나는 무슨 생각엔가 잠겨서 계단을 느릿느릿 걸어 올라갔었다) 다방 문의 밖에 있는 화장실에 들렀을 때였다. 그때 나는 긴급한 생리적 필요에도 불구하고 어떻게 소변보는가를 깜빡 잊어버린 것이었다. 나는 몹시 당황했었다. 잠시 후 곧 나는 우선 바지 단추를 끌러야 한다는 습관으로 되돌아올 수 있었지만 여간해선 있을 수 없는 습관의 단절조차 경험했던 건 확실한 얘기다. 아무리 그렇지만 일 주일이 방 하나와 친밀해지는 데는 충분한 시간이라고 나 역시 생각한다. 낮잠에서 깨어났을 때 내가 약 일 주일 전에 이사 온 이 방에서 상당한 시간 동안 생소함을 느꼈던 것은 그 일 주일이란 시간보다도 더 길게 나를 따라다니는 어떤 심리적인 원인 때문이 아니었을까?

내가 이 병원처럼 깨끗한 양옥으로 하숙을 들게 된 것은 나를 꽤 아껴 주는 다정다감한 어느 친구의 호의에서 나온 권유 때문이었다.

언젠가, 밖에서는 비가 뿌리는 날, 창신동의 그 퀴퀴한 냄새가 나고 하루 종일 가야 타블로이드판(보통 신문지의 2분의 1크기의 판) 크기의 창 하나로 들어오는, 한 움큼이나 될까 말까한 햇빛을 아껴야 하는 내 하숙방에 앉아서, 마침 돈이 떨어져서 그리고 단골 술집엔 외상의 빛이 너무 많아서 또 외상을 달라는 염치도 없고 해서 옆방의 영자에게서 빌린 푼돈으로 술 대신 에틸알코올을 사다가 물에 타서 홀짝홀짝 마시며 혼자 취해서 언젠가 내가 내동댕이쳐서 갈래갈래 금이 간 거울 앞에 얼굴을 갖다 대고 찡그려 보았다가 웃어 보았다가, 제법 눈물도 흘려 보고 있는데 그 다정한 친구가 찾아왔던 것이다. 그 친구는, 내 생활이 그래 가지고는 도저히 희망 없는 것이라고, 그리고 내 생활 태도에는 일부러 타락한 자의 그것을 닮으려는 점이 엿보인다고 진심으로 걱정해 주며, 빈민가에서의 그렇게 무질서하고 퇴폐적인 생활과 질서가 잡히고 규칙적인 또 한쪽의 생활과의 비교도 재미있지 않겠느냐고 나를 타이르는 식으로 얘기하며, 자기 친척 중에서 퍽 가풍(家風)이 좋은 집안이 하나 있는데 거기에 자기가 나의 하숙을 부탁해 보고 싶다는 것이었다. 고마운 얘기일 수밖에 없었다. 사실 나 자신도 나의 무궤도하고 부랑아 같은 생활 태도를 비록 내 천성의 게으름과 가난한 자들의 특징인 금전의 낭비벽,

그리고 이제는 돌아갈 고향도 없이 죽는 날까지 이 서울에서 내 힘으로 살아가야 한다는 절망감에다가 핑계를 대고 변명해 보려 했지만 아직 젊다는 이유 하나만으로써도 내 생활태도 개선의 가능은 충분하다는 점에 생각이 미치면 나도 나 자신의 기만을 인정치 않을 수 없곤 했던 참이라 그 친구의 의견을 고맙다고 할 수밖에 없었다. 그러나 그 무렵에 나는 돈에 퍽 쪼들리고 있었으므로 당장 그 친구의 의견을 좇을 수는 없게 되었었다. 버스 탈 돈마저 떨어져서 매일 방에 틀어박힌 채 희곡 습작이나 하고 있을 때였다.

그리고 오래 후, 다행히 어느 쇼단에 촌극(寸劇:아주 짧은 극, 토막극)용 코미디 각본이 몇 편 팔리고 거기서 생긴 수입이 꽤 되었으므로 오랫동안 내심 일종의 간절한 욕망으로서 계획해 오던 이주(移住) 건을 역시 그 친구의 권유를 따라서 실행한 것이 약 일주일 전인 것이었다. 그리고 매일 오후 네 시가 되면 나는 '엘리제를 위하여'를 듣게 되었다. 피아노는 이 집의 며느리가 치는 것이었다. 이 집의 식구의 구성은 '할아버지'로 불리는 키가 작고 마른 편인 영감과 '할머니'로 불리는 역시 키가 작고 마른 편의 노파, 어느 대학에 물리학 강사로 나가는 아들과 그 부인인 '며느리', 대학 강사의 여동생인 여고생, 대학 강사의 세 살 난

딸, 그리고 식모로 되어 있었다. 할아버지는 나를 이 집으로 데려다 준 친구의 큰아버지 뻘이라고 했고 말하자면 나의 생활태도를 바꾸어 놓겠다는 책임을 진 분이었다.

　나는 내가 이사를 온 첫날 저녁, 할아버지 앞에 불려 나가서 들은 얘기를 지금도 기억한다. 그것은 일종의 오리엔테이션이었다. 몇 가지 나의 가족관계에 대해서 묻고 나서, 할아버지는 갑자기, 내가 6·25 때는 몇 살이었느냐고 물었다. 정확한 나이는 얼른 계산이 되지 않아서, 열 살이었던가요 하고 내가 우물쭈물 대답하자, 할아버지는 아마 그럴 거라고 하며 사변(事變)이 남겨 놓고 간 것이 무엇인 줄을 모르겠군 하고 말했다. 그래서 나는, 사변 전에 있었던 것에 대해서는 알 수가 없고, 있다고 해도 어린아이로서의 기억밖에는 가지고 있지 않으므로 무엇이 사변 후에 더 보태지고 없어진 것인지는 모르겠다고 솔직히 대답했다. 그러자 할아버지는 고개를 끄덕이고 나서 그것은 가정의 파괴라고 한마디로 얘기했다. 그렇게 말하는 투가 마치 내가 나쁜 일을 해서 책망이라도 한다는 것처럼 단호하고 험악했기 때문에 나는 정말 죄를 지은 기분이 되어 꿇어앉았던 자세를 더욱 여미었다. 그리고 오랫동안, 정말 오랫동안 나는 이사를 한다는 흥분과 긴장과 피로 속에서 하루를 보내었기 때문에 졸음이 퍼붓는 걸 참

아가며 할아버지의 관(觀)이랄까 주의(主義)랄까를 들었다.

그것은, 혼미(昏迷) 가운데서 들은 것을 두서가 없는 대로 요약한다면 다음과 같았다. 가풍이 없는 가정은 인간들의 모임이 아니다. 가풍이란 질서정신에 의해서 성립되어야 한다. 우리나라의 가정은 사변 때 식구들의 생사조차 서로 모를 정도로 파괴되었다. 그래서 더욱 가정의 귀중함을 알았지 않느냐. 그러니 질서정신에 입각해서 각기 가정은 가풍을 만들어 가야 한다. 그리하는 데 장애가 아주 많은 게 우리들의 처한 현실이다. 그럴수록 우리는 지나치다 할 정도로 자신들에게 엄격해야 한다. 대강 이런 것이었다.

가풍. 내게는 낯설기 짝이 없는 단어였지만 며칠 동안에 나는 그 말의 개념이 아니라 바로 그의 실체를 온몸에 느끼게 되었다. '규칙적인 생활 제일주의'가 맨 먼저 나를 휘감은 이 집의 가풍이었다.

아침 여섯 시에 기상. (그러나 나의 경우는 자발적인 기상이 아니라 할아버지가 차를 끓여 가지고 손수 들고 와서 나를 깨우고 그 차를 마시게 하고 내가 무안함에 가슴을 두근거리며 황급히 옷을 주워 입으면 아침 산보를 시키는 것이었다. 그래서 나는 수면 부족으로 좀 자유로운 낮에는 늘 낮잠이었다. 그러나 그 집 식구들은 심지어 세 살 난 어린애마저도 그 규칙을 지키고 있는 모양이었다.) 아침 식사. 출근 혹은 등교. 할아버지도 어느 회사에 중역으로 나가고 있었으므로 집에 남는 건 할머니와 며느리, 어린애와 식모, 그리고 노곤한 몸을 주체하지 못하는 나뿐이었다. 그동안 나는 오전 열 시경에 며느리와 할머니가 놀리는 미싱 소리를 쭉 듣게 되고, 열두 시경에 라디오에서 나오는 음악을 듣고, 오후 네 시엔 '엘리제를 위하여'를 듣게 된다. 오후 여섯 시 반까지는 모든 식구가 집에 와 있어야 하고 저녁 식사. 식사가 끝나면 십여 분 동안 잡담. 그게 끝나면 모두 자기 방으로 가서 공부, 그리고 식모가 보리차가 든 주전자와 컵을 준비해서 대청마루 가운데 있는 탁자 위에 놓는 달그락 소리가 나면 그때 시간은 열 시 오륙 분 전. 그 소리가 그치면 여러 방의 문이 열리고 식구들이 모두 나와서 물 한 컵씩을 마시고 '안녕히 주무십시오'를 한차례 돌리고 잠자리로 들어간다. 세상에 이런 생활도 있었나 하고 나는 놀라지 않을 수 없었다. 식구 중 한 사람 얼굴에 그늘이 있는 사람은 없었다. 나로서는 상상도 하지 못하던 세계에 온 것이었다. 동대문이 가까운 창신동 그 빈민가의 내가 들어 있었던 집의 식구들을 생각하지 않을 수 없는 이 정식(正式)의 생활.

내가 간혹 이 양옥의 식구들의 얼굴을 생각해 보려 할 때면,

물론 대하는 시간이 적었던 탓도 있겠지만 그보다는 차라리 아마 낮잠에서 깨어났을 때 내가 지금 있는 방에 대해서 생소감을 느끼던 그런 알 수 없는 이유로써 나는 이 집 식구들의 얼굴을 덮어 누르고 보다 명료하게 떠오르는 창신동 식구들의 얼굴 때문에 적지 않게 괴로워했다.

내가 들어 있던 집은 판자를 얽어서 만든 형편없이 작은 집이었지만 방은 다섯 개나 되었다. 따라서 겨우 한두 사람이 들어가 누우면 꽉 차버리는 방들이란 건 말할 필요도 없다. 그중에서도 좀 넓고 채광도 좋다는 방을 주인 식구가 차지하고 있고 그 방보다는 못하지만 나머지 세 개에 비하면 빗물도 새지 않을 정도의 방은 방세 지불이 정확한 영자라는 창녀가 들어 있었다. 그리고 유리창이 — 그 유리창이란 게 금이 가고 종이가 오려 발라지고 더러웠지만 이 집에서는 유일한 유리창이었다 — 달린 방에는 오십쯤 나 보이는 깡마르고 절름발이인 사내가 열 살 난, 열 살이라고는 하지만 영양실조 등으로 볼이 홀쭉하고 머리만 커다랗지 몸은 대여섯 살 난 애들보다 더 작고 말라비틀어진 딸을 데리고 살고 있었다. 그리고 나머지 방들 중에서 한 방을 사십대의 막벌이 노동자 서(徐)씨가 그리고 한 방을 내가 차지하고 있었다.

내가 이 양옥으로 와서 그리고 이제는 진절머리가 나기 시작한 '엘리제를 위하여'를 피아노로 치고 있는 며느리에 대한 이 집 할아버지의 배려에 관하여 알게 되었을 때 맨 먼저 생각난 것이 창신동 그 판잣집의 절름발이 사내와 그의 말라비틀어진 딸이었다.

할아버지는 피아노 소리를 무척 싫어하지만, 그러나 여학교 시절에 피아노 치는 걸 배워두었다는 며느리의 손가락을 굳어버리게 할 수는 없다고 생각했었다. 굳어버리게 하다니, 그건 할아버지의 교양이 도저히 허락할 수 없는 것이었던 모양이다. 그래서 며느리가 피아노를 대할 수 있는 시간도 이 양옥의 규칙적인 생활 속에 끼일 수 있었던 것이다. 여고에 다니는 딸에 대해서도 비슷한 태도가 아닌가고 나는 생각했다. 저녁식사 후, 공부 시간이 되면 그 여고생은 자기 방으로 간다. 그리고 열 시가 되면 식모가 끓여다 놓은 보리차를 마시기 위해서 대청마루로 나온다. 그동안은 공부를 하고 있는 걸로 되어 있다.

그렇지만 저 창신동의 절름발이 사내는 어떻게 그의 딸을 교육시켰던가. 나는 그 절름발이 사내가 자기의 어린 딸을 꿇어앉혀 놓고 있는 것을 그 방 앞을 지날 때마다 유리창을 통하여 볼 수 있었다. 내가 그 방 앞을 지나칠 때면 거의 항상 그 풍경을 볼 수 있기 때문에 그 빼빼 마른 계집애가 자기 아버지 앞에 꿇어앉아 있지 않은 시간은 언제인지 알 수 없었다. 밥을 지으러 나올 때거나 수도에서 물을 길어 몸을 한쪽으로 기울이고 비척거리며 걸어갈 때 외에는 항상 꿇어앉아 있었다고 보아야 할 것이다. 유리창이 막혀 있기 때문에 그 안에서 절름발이는 무슨 얘기를 자기 딸에게 들려주고 있는지 모르지만 그는 쉴 새 없이 입을 놀려 말을 하고 있는 것이었다. 항상 종이와 연필이 계집애 앞에 놓여 있는 걸 보아서 아마 그건 수업 시간인 모양이었다. 절름발이 곁에는 항상 긴 버드나무의 회초리가 놓여 있었다. 그리고 그 회초리의 매질이 계집애의 몸 위에 퍼부어지지 않는 날을 거의 볼 수가 없었다. 절름발이는 미친 사람처럼 계집애에게 매를 내리는 것이었다. 그러면 계집애는 이제 단련이 된 듯이 그 다섯 살짜리 아이들보다 가냘픈 손으로 머리를 감싸기만 한 채 눈물 한 방울 흘리지 않고 입 한 번 벌리지 않은 채 묵묵히 자기 몸 위에 퍼부어지는 매를 견디어 내고 있는 것이었다. 물론 그 어둑시근한 방속에서 절름발이는 무엇을 가르쳤고 그의 딸은 무엇을 배우고 있었는지 그 내용을 나는 끝내 알지 못하고 말았다. 다만 나는 언젠가, 밤이 깊어서, 내가 변소에 갔을 때 설사병이 났는지 그 계집애가 변소에 앉아서 똥물을 좔좔 쏟고 있고 변소 문에 몸을 구부정하게 기대고 절름발이가 성냥을 계속해서 켜대고 근심스

런 얼굴로 그의 딸을 지켜보고 있던 광경으로 미루어 보아서 그 유리창이 달린 어둑시근한 방에서 베풀어지는 교육이 결코 엉뚱한 것은 아니리라는 생각만을 내멋대로 할 수 있었다.

영자라는 창녀의 얼굴도 여간 또렷하게 나의 기억 속을 차지하고 있는 게 아니었다.

내가 그 집 앞에 붙은 '하숙인 구함'이라는 종이 조각을 발견하고 주인을 만나러 들어갔을 때, 수도에서 발을 씻다가, 아줌마 하숙 구하는 사람 한 명 왔어요, 라고 안에다 대고 소리를 지르던 게 바로 영자였다.

그 집에 내가 하숙을 든 뒤부터, 얼굴이 동글동글하고 눈이 가느다란 영자는 자기 나이가 열아홉이라고 나를 오빠라 불렀었다. 내가 그 집에 하숙을 정한 후 며칠 사이에 영자의 선천적인 재능에 의해서 나도 금방 친밀감을 느낄 수가 있었다. 왼손 팔목에 있는 검붉은 색의 지렁이 같은 흉터를 내보이며, 이게 뭔 줄 아우 오빠? 하고 묻고 나서 한숨을 푹 쉬며, 옛날에 나 죽어버리려구 칼로 여길 끊었다우, 그런데 죽지 않고 요 고생이야, 하며 눈물조차 살짝 비치던 영자에게 나는 담배를 얻어 피우는 등 은혜를 많이 입었었다. 영자는 내가 연극 공부를 하고 있다는 걸 알고 나서부터는 걸핏하면, 오빠가 유명한 사람이 되면 나도 배우로 써줘 응? 하고 어리광을 부려오곤 했었다. 언젠가 '미스 코리아 선발대회'가 있던 날 신문에서 화관을 머리에 얹고 이브닝 드레스를 입은 당선자들의 사진을 보고 나더니 나와 주인 아주머니더러 심사위원이 되어 달라고 하며 자기 방에 들어가서, 아마 아껴 간직해 두었던 것인 듯싶은 분홍색의 한복을 단정하게 입고 나와서 그 집의 좁은 마당을 천천히 거닐며 한 손을 들고, 합격예요? 라고 묻다가 갑자기 웃음을 터뜨리며, 난 미스가 아닌걸요 네? 라고 말하고 나서, 그날은 하루종일 신경질을 부리던 영자. 또 언젠가는 어디서 알았는지, 광화문께에 엄청나게 잘 알아맞히는 성명철학자(姓名哲學者)가 한 사람 있다는데 같이 가보지 않겠느냐고 나를 조르는 것이었다. 그런 건 다 엉터리 수작이라고 내가 얘기하자 절대로 그렇지 않다고 화를 내며, 지금 가지고 있는 이름이 나쁘다고 판단되면 좋은 이름으로 고쳐도 준다고, 그러면 아주 행복한 사람이 될 수 있다고 마치 자기가 그 성명철학자인 것처럼 주장하는 것이었다. 여러 날을 두고 졸리던 끝에 할 수 없이 내가 그럼 같이 가 보자고 나서자 영자는 금방 시무룩해지며, 그렇지만 그 사람은 이름만 가지고도 지금의 신분을 딱 알아맞힌다는데 여러 사람이 있는 데서 갈보라고 해버리면 좀 얘기가 곤란해지겠다고 하며 발뺌을 하는 것이었다. 나

도 그럴듯하게 생각되어서, 그럼 그만두자고 해버렸지만 미련은 남았는지 그 후로도 영자는 곧잘 그 성명철학자 얘기를 꺼내곤 했었다. 내가 이 양옥으로 이사를 한다는 날도 영자는, 오빠더러 내 이름을 가지고 가서 좀 알아봐달라고 부탁하려 했더니, 하며 섭섭해 하였었다.

'엘리제를 위하여' 의 피아노 소리는 이제 며느리의 허밍까지 어울려서 절정에 도달하고 있었다. 며느리의 허밍이 시작되었으니 잠시 후엔 피아노 소리도 그칠 것이다. 경험으로써 나는 그걸 알고 있었다. 나는 다시 몸을 눕혔다.

'창신동에 사는 사람들은 모두 개새끼들이외다' 라는 30년대 식 표현의 낙서가 적혀 있는 그 방, 그리고 그 집에 살던 사람들은 이 피아노가 둥둥거리는 집에서 생각하면 너무나 먼 곳에 있는 것이었다. 그곳은 버스 하나를 타면 곧장 갈 수 있다는 평범한 가능성마저를 송두리째 말살시켜버리는 간격의 저쪽에 있었다. 일 주일이란 보수를 치르고도 여전히 이 하얀 방에 대하여 서먹서먹한 느낌이 드는 것은 그 측량할 길 없는 간격을 내가 아무런 준비도 하지 못한 채 갑자기 건너뛰었기 때문이 아니었을까. 나도 아주 어렸을 적엔 이런 생활 속에서 자라나고 있었던지 어쩐지는 모르지만 내 기억이 회답(回答)하는 한 이 양옥 속의 생활은 지나치게 낯선 것이었다.

창신동 그 집의 나머지 한 사람 서씨라는 중년 사내는 얼굴이 떠오를 때면 더욱 그러하였다.

빈민가에 저녁이 오면 공기는 더욱 탁해진다. 멀리 도시 중심부에 우뚝우뚝 솟은 빌딩들이 몸뚱이의 한 편으로는 저녁 햇빛을 받고 다른 한 편으로는 짙은 푸른색의 그림자를 길게 길게 눕힌다. 빈민가는 그 어두운 빌딩 그림자 속에서 숨쉬고 있었다.

교과서의 직업 목록 속에서는 찾아볼 수 없는 가지가지의 일터에서 사람들이 땀이 말라 끈적거리는 얼굴을 손으로 부비며 돌아오고, 이 마을에 들어서면 그들의 굳어졌던 얼굴들이 풍선처럼 펴진다. 웃통을 벗은 사내들은 모여 서서 쉴 새 없이 떠들고 아이들은 자기들 집과 집의 처마를 스칠 듯이 지나가는 기동차의 뒤를 쫓아 환호를 올리며 달린다. 아낙네들은 풍로를 밖으로 내놓고 그 위에 얹은 냄비 속에 요리책에는 없는, 그들의 그때 그때의 사정이 허락하는 신기한 요리 재료를 끓인다. 이 냄비와 저 냄비 속에서 끓고 있는 음식은 나라와 나라 사이의 풍토보다도 더 다르다. 마치 마귀할멈이 냄비 속에 알지 못할 재료를 넣고 마약을 끓여내듯이 그네들도 가지가지의 마약을 끓이고 있는 것이다.

빈민가의 저녁은 소란하기만 하다. 취해서 돌아온 사내는, 기부운, 하고 비명 같은 소리를 지르고 자기가 번 그날의 품삯을 내보이며 친구들을 끌고 술집으로 간다. 그러면 그 뒤로 그 사내의 아낙이 쫓아와서 사내의 손에서 돈을 빼앗아 쥐고 주먹을 휘둘러 보이며 집 안으로 사라지고 그러면 뒤에 남은 사람들은 싱글싱글 웃으며 노해서 고래고래 소리 지르는 그 사내를 달랜다. 빈민가 가까이 있는 시장에서 생선의 비린 냄새가 물씬물씬 풍겨오고 도시의 중심부에서 바람에 불려온 먼지가 내려 앉고 여기저기의 노점에 가물가물 카바이드 불이 켜지는 시각이 되면 사내들은 마치 그것들을 피하기라도 하려는 듯이 자기들의 키보다 낮은 술집으로 몰려든다.

나도 그곳에 하숙을 정하고 나서부터 매일 저녁때면 술집으로 걸어갔다. 흙탕물 속의 기포(氣泡)처럼 그 어수선한 마을에서 술집들만은 맑고 조용했다. 물론 사내들은 떠들며 얘기하고 혹은 코피를 흘리며 싸움을 하곤 하는 것이지만 그것이 거리에서가 아니라 술집 안에서 일어나는 경우엔 왜 그렇게 맑은 것으로 보이는지 나는 알 수 없었다.

내가 단골처럼 드나든 곳은 '함흥집'이라는 함경도에서 왔다는 노파가 경영하는 술집이었다. 긴 의자의 한쪽 끝에 자리를 잡고 주모가 따라 주는 술잔을 받아 마시며 나는 술보다 그 술집의 분위기에 마음을 빼앗기고 있었다. 사람을 사귀려는 생각은 아예 없었으므로 나는 항상 혼자 그렇게 앉아 있었다. 꽤 오랜 시간이 지나고 술도 알맞게 취했다고 생각되면 나는 셈을 하고 (외상으로 하는 날이 더 많았지만) 그 바라크 밖으로 나왔다. 그리고 고개를 쳐들면, 저만치서 관광객들을 위하여 형광의 조명을 한 동대문이 그의 훤한 모습을 밤하늘에 도사려 보이고 있는 것이었다. 지금도 눈앞에 보이는 듯하다, 밤의 동대문 모습이.

그곳에 자리잡은 지 얼마 되지 않은 어느 날 저녁, 역시 내가 긴 의자의 한쪽 끝을 차지하고 누런 술을 내려다보며 앉아 있는데 내 곁에 어떤 사람이 털썩 주저앉더니 주모에게 술을 청하고 나서 내 등을 툭 치며 말을 건네는 것이었다. 사십쯤 나 보이는, 턱에 수염이 짙고 커다란 몸집에 해진 군용(軍用) 작업복을 입고 있는 그 사내는, 영자가 있는 집에 새로 들어온 젊은이가 아니냐고 내게 묻는 것이었다. 그렇다고 했더니 그 사내는 퍽 사람 좋게 웃으면서 자기도 그 집에 방을 빌려 들고 있는 사람인데 인사가 그리 늦을 수가 있느냐고 하며 자기를 서씨라고 불러 달라고 했다. 같은 집에 있으면서도 그 서씨가 아침 일찍 나가고 저녁에는 내가 늦게 들어가는 셈이었기 때문에 그때까지 나는 서씨라는 사람이 그 집에 들어 있다는 걸 알고 있지 못했지만 그는 용케 나를 보았고, 그리고 기억해 두고 있었던 모양이다. 서씨를 알게 된 것은 그렇게 해서였다. 술잔이 오고가는 동안 나도 말이 하고 싶어져서, 고향이 어디십니까, 가족은 어디 계십니까, 무슨 일을 하고 계십니까 하고 좀 귀찮아 할 정도로 서씨에게 물어대었다. 그러나 서씨는 별로 귀찮아하지도 않고 고향은 함경도, 6·25 때 단신 월남, 지금은 공사장 같은 데서 힘을 팔고 있다고 고분고분 들려주었다.

그 후로 나는 거의 매일 그 서씨와 함께 '함흥집' 엘 드나들게 되었다. 그는 사귈수록 착한 사람의 전형이었다. 굵게 쌍꺼풀 진 눈매는 가난한 사람답지 않게 빛나고 있어서 차라리 보는 사람에게 열등감을 줄 정도지만 그는 그 눈으로써 상대편에게 친밀감을 나타낼 줄도 알았다. 영리해 보이지는 않고 오히려 행동이며 머리 돌아가는 건 그 반대인 듯했다. 두터운 입술 사이를 비집고 나오는 듯한, 그의 함경도 사람답지 않게 느린 말씨가 더욱 그것을 증명해 주었다.

그는 주량이 놀라울 정도로 컸다. 그는 곧잘, 자기가 버는 돈은 아마 모두 이 술집으로 들어갈 거라고 하며 그리고 그건 좋은

일이 아니겠느냐고 말하며 너털웃음을 웃곤 했다. 그의 술버릇은 대단히 좋아서 취하면 떠들어 대는 건, 서씨에겐 어린애로나밖에 보이지 않을 이쪽이었다. 술이 취해서 그와 어깨동무를 하고 — 그의 키가 아주 컸기 때문에 나는 그의 허리를 껴안은 셈이되지만 — 비틀거리며 밖으로 나오면 그는 어두운 밤하늘을 배경으로 하고 훤한 모습으로 솟아 있는 동대문을 향하여 한 눈을찡긋거려 눈짓을 보내곤 했다.

서씨는 밤에 보는 동대문이 좋으냐고 물으면, 아니 젊은이도저 동대문을 좋아하느냐고 오히려 되물어 왔다. 낮에는 거기서귀신이라도 나올 것 같기 때문에 기분 나쁘지만 형광빛의 조명을 받고 있는 밤에는 참 아름다워서 좋다고 내가 대답하면, 자기는 좀 별다른 의미로 동대문을 사랑하고 있다고 말했다. 자기와동대문은 퍽 친하다는 것이었다. 마치 어떤 살아 있는 사람과 친하듯이 친하다고 했다. 나는 그 말이 무엇을 의미하는지를 다음과 같이 하여 알게 되었다.

그날 밤도 술집에서 돌아와서 서씨는 자기 방으로 가고 나도내 방으로 돌아와서 옷을 입은 채 이불 위로 쓰러져 잠이 들어 있는데, 몇 시쯤 됐을까, 누가 나를 흔들어 깨우는 것이었다. 서씨였다. 서씨의 입에서 여전히 단 냄새는 나고 있었으나 그래도 술은 깬 모양이었다. 나는, 지금 몇 시쯤 됐느냐고 물었더니, 자기도 잘 모르지만 아마 새벽 두 시나 세 시쯤 됐을 거라고 대답하며 보여줄 게 있으니 나더러 자기를 조용히 따라오라고 말했다. 마치 보물을 캐러 가는 소년들이 비밀을 얘기하는 속삭임과 같은 그런 말투였다. 나는 그의 그러한 기세에 눌려 오히려 내가 쉬쉬해가며 그를 따라서 밖으로 나섰다. 골목에는 가로등이 켜져 있었다. 우리는 일부러 어두운 곳만을 골라서 몸을 숨겨가며 걸었다. 도중에 내가 지금 우리는 어디로 가고 있느냐고 물었더니 그는 동대문이라고 대답했다. 통행금지가 되어 있는 이 시간에, 가로등만이 거리를 지키고 있는 이 시간에 서씨가 나와 함께 동대문에 갈 필요는 무엇인지. 나는 의혹과 불안에 눈알을 동글동글 굴리면서도 얌전하게 그를 따라서 고양이 걸음을 하고 있었다.

잠시 후에 우리는, 한길(사람이 많이 다니는 넓은 길) 저편에, 기왓장 하나하나까지도 셀 수 있을 만큼 밝은 조명을 받고 있는 동대문이 서 있는 곳까지 와서 골목에 몸을 숨겼다. 서씨는 사방을 두리번거리며 살펴보고 나서 우리 외에는 아무도 없다는 걸 알아내자 나에게, 이 골목에 가만히 숨어서 자기가 지금부터 하는 일을 구경해 달라고 말했다. 내가 숨을 죽이고 침을 꿀꺽 삼키면서 그러마고 고갯짓으로 대답하자 그는 히쭉 한 번 웃고 나서 재

빠르게 이제까지 내가 알고 있던 사람이 아닌 전연 다른 사람처럼 날랜 몸짓으로 한길을 가로질러 달려가서 동대문 성벽 밑의 그늘에 일단 몸을 숨기고 좌우를 살피고 있었다.

　동대문 본건물은 집채만 한 크기의 돌로 된 축대 뒤에 세워져 있는 것인데 축대의 높이는 육 미터 남짓 되어 보이고 그 축대에서 시작되어 역시 커다란 돌이 쌓여 이루어진 성벽이 건물을 반원형으로 둘러싸고 있다. 그 성벽을 서씨는 마치 곡예단의 원숭이가 장대를 타고 올라가듯이 익숙하고 민첩한 솜씨로 올라갔다. 푸른 조명을 받으며 서씨가 성벽을 기어 올라가는 그 광경은 나로 하여금 신비한 나라에 와서 거대한 무대 위의 장엄한 연극을 보는 듯한 감동을 느끼게 하는 것이었다. 단 하나의 넓은 빛살이 펼쳐지고 그 빛에 의해서 풍경이 탄생하여 오만한 마음을 가진 양 흔들리지 않고 정립(定立)해 있는데 그것을 향하여 어쩌면 호소하는 듯한 어쩌면 도전하는 듯한, 어쩌면 그것의 손짓에 응하는 듯한 몸짓으로 몸이 온갖 근육을 움직이며 성벽을 기어오르고 있는 그 사람은 문득 나에게 전율조차 느끼게 했다.

　이윽고 서씨의 몸은 성벽의 저 너머로 사라져버렸다. 그리고 잠시 후에 나는 더욱 놀라운 광경을 보게 되었다. 서씨가 성벽 위에 몸을 나타내고 그리고 성벽을 이루고 있는 커다란 금고만 한

돌덩이를 그의 한 손에 하나씩 집어서 번쩍 자기의 머리 위로 치켜올린 것이었다. 지렛대나 도르래를 사용하지 않고서는 혹은 여러 사람이 달라붙지 않고서는 들어 올릴 수 없는 무게를 가진 돌을 그는 맨손으로 들어올린 것이었다. 그는 나에게 보라는 듯이 자기가 들고 서 있는 돌을 여러 차례 흔들어 보이고 나서 방금 그 돌들이 있던 자리를 서로 바꾸어서 그 돌들을 곱게 내려놓았다.

나는 꿈속에 있는 기분이었다. 고담(古談:옛날이야기)같은 데서 등장하는 역사(力士:뛰어나게 힘이 센 사람)만은 나도 인정하고 있는 셈이지만 이 한밤중에 바로 내 앞에서 푸르게 빛나는 조명을 온 몸에 받으며 성벽을 디디고 우뚝 솟아 있는 저 사내를 나는 무엇이라고 이름 붙여야 할지 몰랐다.

역사, 서씨는 역사다, 하고 내가 별수 없이 인정하며 감탄이라기보다는 차라리 그 귀기(鬼氣)에 찬 광경을 본 무서움에 떨고 있는 동안에 그는 어느새 돌아왔는지 유령처럼 내 앞에서 자랑스러운 웃음을 소리 없이 웃고 있었다.

서씨는 역사였다. 그날 밤 나는 집으로 돌아와서 이제까지 아무에게도 들려주지 않았다는 서씨의 얘기를 들었다.

그는 중국인의 남자와 한국인의 여자 사이에서 난 혼혈아였다. 그의 선조들은 대대로 중국에서 이름 있는 역사들이었다. 족보를

보면 헤아릴 수 없이 많은 장수(將帥)가 있다고 했다. 그네들이 가졌던 힘, 그것이 그들의 존재 이유였고 유일한 유물이었던 모양이었다. 그 무형의 재산은 가보로서 후손에게 전해졌다. 그것으로써 그들은 세상을 평안하게 할 수 있었고 자신들의 영광도 차지할 수 있었다. 그러나 이 서씨에 와서도 그 힘이 재산이 될 수는 없었다. 이제 와서 그 힘은 서씨로 하여금 공사장에서 남보다 약간 더 많은 보수를 받게 하는 기능밖에 가질 수가 없게 된 것이다. 결국 서씨는 그 약간 더 많은 보수를 거절하기로 했다. 남만큼만 벽돌을 날랐고 남만큼만 땅을 팠다. 선조의 영광은 그렇게 하여 보존될 수밖에 없었다. 그리고 서씨는 아무도 나다니지 않는 한밤중을 택하고 동대문의 성벽에서 그 힘이 유지되고 있음을 명부(冥府:저승, 황천)의 선조들에게 알리고 있다는 것이었다.

대낮에 서씨가, 동대문의 바로 곁에 서서 행인들 중 누구 한 사람도 성벽을 이루고 있는 돌 한 개의 위치 변화에 관심을 보이지 않고 지나다닐 때, 옮겨진 돌을 바라보고 빙그레 웃고 있는 그의 모습을 나는 쉽게 상상할 수 있었다. 그것이 서씨가 간직하고 있는 자기였고 내가 그와 접촉하면 할수록 빨려 들어갈 수 있었던 깊이였던 모양이었다.

그 집 — 그늘 많은 얼굴들이 살던 그 집에서 나는 나 자신 속에서 꿈틀거리는 안주(安住)에의 동경을 의식하지 않을 수 없었다. 그것은 그 사람들의 헤어날 길 없는 생활 속에 내가 휩쓸려 들어가게 되는 것이 무서웠기 때문이었던 모양이다. 그러나 그곳을 뚝 떠나서 이 한결같은 곡이, 한결같은 악기로 연주되는 집에 오자 그것은 견디어 낼 수 없는 권태와 이 집에 대한 혐오증으로 형체를 바꾸는 것이었다. 나란 놈은 아마 알 수 없는 놈인가 보다.

피아노 소리가 그쳤다. 무의식중에 나는 방바닥에서 팔목시계를 집어 올렸다. 내가 지금 무슨 행동을 했던가를 깨닫자 나는 쓴웃음이 나왔다. 피아노가 그친 시간을 재 보려고 했던 것이다. 그리고 나는 내일도 그 피아노가 그친 시간을 재서 그 시간들을 비교하여 이 집에 대한 혐오증의 이유를 강화시키려고 했던 것이다. 나는 자신에 대해서 어이가 없음을 느꼈다. 이런 느낌이 드는 것은, 그것은 조금 전에 내가 서씨의 그 거짓 없는 행위를 회상했던 덕분이 아니었을까? 서씨가 내게 보여 준 게 있다면 다소 몽상적인 의미에서의 성실이었고 그리고 그것은 이 양옥 속의 생활을 비판하는 데도 필수적으로 고려되어야 한다는 것이 아닌가고 내게 생각되는 것이었다. 그러나 이 집으로 옮아온 다음날의 저녁, 식사 시간도 잡담 시간도 지나고 모든 사람들의 공부 시간이 되자 나는 홀로 내 방의 벽에 기대앉아서 기타를 퉁겨 보기 시작했을 때의 일을 기억하고 있다. 불현듯이 기타를 켜고 싶어지는 때도 있는 법이다. 그것은 감정의 요구이지만 그렇다고 비난할 건 못 되지 않는가. 내가 줄을 고르며 음을 시험해 보고 있는데 다색(茶色) 나왕으로 된 내 방문이 열리며 할아버지가 들어왔다. 그리고 나의 기타 켜는 시간은 오전 열 시부터 한 시간 동안 할머니와 며느리가 미싱을 돌리는 시간과 같은 시각으로 배치되었던 것이다. 위대한 가풍이 내게 작용한 첫 번이었다. 그러나 그 이후 내가 내게 주어진 그 시간을 이용해 본 적은 하루도 없었다. 흥이 나지 않아서였다고 하면 적당한 표현이 되겠다.

절망감이 마루 끝에도 마당 가운데서도 방마다에도 차서 감돌던 창신동의 그 집에서는 식구들에게 그들이 오래 전에 잃어버렸던 형체 없는 감동 같은 것을 조금씩은 깨우치고 영혼의 안정에 얼마간은 공헌할 수 있었던 나의 기타는, 그래서 노인들이 우연한 한마디에서 갑자기 자기의 늙음을 발견하듯이 낡아 빠진 모습으로 방의 구석지에 기대어져 있지 않으면 안 되게 된 것이었다.

처음에 나는 이 집에 대하여 존경심을 가졌다. 그러나 나는 이내 그것이 처음 보는 경치에 보내는 감탄과 같은 성질의 것밖에

는 되지 않음을 알았다. 이해와 감정과는 별개의 문제라는 것을
발견한 것은 그때였다. 이 가족의 계획성 있는 움직임, 약간의
균열쯤은 금방 땜질해 버릴 수 있도록 훈련되어 있는 전진적 태
도, 무엇인가 창조해 내고 있다는 듯한 자부심이 만들어 준 그늘
없는 표정 — 문화라는 말을 쓸 수 있는 사람들이 있다면 바로 이
사람들이었다. 그리고 이것이야말로 인간이 희구(希求:바라고 구함)
하는 것이 아니었던가. 이 사람들은 매일 매일 달리고 있는 것이
었다. 따라서 어느 지점과의 거리를 단축시키고 있는 셈이었다.
이것은 나의 그들에 대한 이해였다.

　　그러나 그 어느 지점이 무한하게 먼 곳에 있을 때도 우리는 그
들이 거리를 단축시키고 있다고 생각할 수 있을까? 더구나 나로
하여금 기타 켜는 시간의 제약까지를 주어가면서 말이다. 차라
리 이 사람들의 태도야말로 자신들은 걷고 있다고 믿으면서 사
실은 매일매일 제자리걸음을 하고 있는 바로 그것이 아닐까. 빈
민가에 살던 사람들의 그 끝없는 공전(空轉)같아 뵈던 생활이 이
곳보다는 오히려 더 알찬 것이 아니었을까. 이것이 나의 감정이
었다. 그래서 마침내 어느 쪽인가 한 편이 틀려 있다는 생각이
나를 몹시 짓누르기 시작했다. 본질적으로는 두 쪽이 같지 않느
냐는 의문이 나의 내부 한쪽에서 솟아나오기도 했지만 그보다

더 강한 힘으로 나를 끌고 가는 '어느 쪽인가 한 편이 틀려 있다'
라는 집념은 어디서 나온 것인지 나로서는 알 수 없었다. 그리고
마침내 그것은 발전하여, 미리 그러기로 되어 있었다는 듯이, 나
는 이 양옥의 식구들 생활을 빈껍데기에 비유하고 있었다. 빈껍
데기의 생활, 아니라면 적어도 방향이 틀린 생활, 습관적인 생활
에 불과하다는 생각이 나를 끌고 갔다. 이 순간에 나는 꼭 무슨
행동을 해야만 할 것 같았다. 그리고 내가 한 행동이 누군가 좀
현명하고 인간을 잘 아는 사람에 의해서 심판 받았으면 좋겠다
고 생각했다.

　꼭 무슨 행동이 필요하다는 충동이 그날 오후 내처(줄곧, 한결같
이) 나를 쿡쿡 찔렀다. 나는 누운 채 천장을 올려다보았다. 무늬
없는 베니어로 된 갈색의 천장. 벽을 향하여 얼굴을 돌리면 병원
의 그것처럼 깨끗한 벽.

　그날 오후 식구들이 돌아올 무렵에 나는 밖으로 나섰다. 나는
지금 내가 계획하고 있는 것이 근본적으로는 이 집 식구들을 바
꾸어 놓으리라고는 물론 생각하지 않는다. 그러나 무엇인가 해야
만 한다는 의무감에 가까운 생각이 나로 하여금 느릿느릿 걸어서
어느 약방 앞에까지 가게 했다. 벌써 날이 어두워져 가고 있었기
때문에 약방 안의 진열장 안에는 불이 밝게 켜져 있었다. 그래서

거기에 진열되어 있는 약병이나 상자들은 장난감처럼 귀여워 보였다. 나는 약방의 문턱에 서서 허리를 구부리고 진열장 안을 구경했다. 고개를 들어 보니 아주머니 한 사람이 진열장의 저편에서 몸을 이쪽으로 내밀어 나를 굽어보고 있었다. 나는 아주머니를 향하여 히쭉 웃어 보이고는 이제 마치 무엇을 찾고 있는 듯한 태도로 진열장 안을 기웃거렸다. 나는 머뭇거리고 있는 것이었다. 무얼 찾느냐고 아주머니가 친절한 음성으로 물었다. 나는 여전히 고개를 속인 채 진열장을 두리번거리면서, 흥분제(興奮劑) 있느냐고 대답했다. 얼마나 필요하냐고 아주머니가 물었다. 나는 속으로 그 집 식구들을 헤어 보았다. 할아버지, 할머니, 대학 강사, 며느리, 여고생, 식모, 손주딸 모두 일곱 사람이었다. 나는 한 사람의 칠 회분을 달라고 했다. 그러면서 그제야 나는 고개를 똑바로 들었다. 아주머니는 필요 이상으로 엄숙한 표정을 지으면서 상점의 안쪽에 있는 진열장으로 가서 정제(錠劑:가루약을 둥글게 뭉쳐 만듦; 알약)의 약을 하얀 종이에 싸서 가지고 나왔다.

셈을 하고 돌아서자 나는 아까와는 달리 내 기분이 싸늘해져 있음을 느꼈다. 안도와 같은 것이었다. 그리고 오래간만에 주위를 천천히 구경할 수 있는 여유를 갖게 되었다. 저녁을 맞으면서 내 주위에는 셀 수 없이 많은 양옥들이 줄을 지어 서 있었다. 집

집의 창마다 밝은 불이 켜져 있고 옛날의 그 마을에서와는 달리 조용하였고 향긋한 음식 냄새가 새어 나오고 있었다. 그러자 나는 나 자신이 이 평온한, 부자유하게 평온한 마을을 해방시켜 주러 온 악마라는 생각이 문득 들었고 어쩐지 그것이 나를 즐겁게 했다. 혹은 그 빈민가가 파견한 척후(斥候:적의 동태파악을 위해 파견된 병사의 준말)인지도 몰라, 라고 나는 생각하며 나는 그 빈민가에 대하여 요 며칠 동안 지니고 있던 죄의식 비슷한 것이 사라져 있음을 깨달았다. 일종의 비겁한 보상행위라고 누가 곁에서 말했다면 나는 정말 즐거워져서 고개를 끄덕이며 웃었을 것이다.

내가 집으로 돌아왔을 때 식구들은 밥상을 받아 놓은 채 내가 올 때까지 기다리고 있었다.

밤 열 시 십 분 전이었다. 이제 몇 분만 있으면 식모는 보리차가 든 주전자와 컵을 대청마루 가운데의 탁자 위에 올려놓을 것이다. 식구들이 나오기 전에 먼저 내가 그 음료수에 빻아 놓은 가루약을 넣어야만 하는 것이었다. 나는 약봉지를 들고 내 방문에 몸을 대고 식모를 기다리고 있었다. 그리고 그때 나는 만일 내가 이 집 식구들의 음료수에 가루약을 타지 않고 지금 바로 그 빈민가로 돌아간다면 거기서 나는 무슨 행동을 할 것인가고 생각해 보았다. 그러나 그것을 생각해 낼 수가 없었다. 오히려 나는 내가 결코 그곳으로 돌아가지는 않으리라는 걸 잘 알고 있었다. 이 생각은 아까 저녁때 약방에 가기 전의 생각과는 좀 모순된다는 것도 깨닫고 있었다. 그렇다고, 스스로 무의미하다고 인정하고 있는 이 계획을 중지하고 싶지도 않았다. 이것은 천박한 장난? 그렇지만 나는 기도하는 것처럼 엄숙했었다.

　드디어 다른 식구들에 비해서 유난히 조용조용한 식모의 발자국 소리가 나고 주전자의 달그락거리는 소리가 났다. 식모가 문단속을 하러 나가는 소리가 난 뒤 나는 조용히 방문을 열었다. 그리고 가루약은 성공적으로 음료수에 용해되었다.

　나는 내 방으로 돌아와서 다소 들뜬 마음으로 기다리고 있었다. 얼마 후, 나는 모두들 그 물을 마시는 것을 분명히 보았고 그들이 각기 자기 방으로 돌아가는 것을 보았다. 그리고 그들의 방의 불도 꺼졌다. 그러나 그들이 과연 잠을 이루고 있을까. 나는 그들이 다시 자기들의 방에 불을 켜고 앉아서 왜 잠이 오지 않고 마음이 들뜨는가를 생각하고 있기 바랐다. 나는 조용히 문을 열고 대청마루로 나와서 의자 위에 앉았다. 나는 기다리고 있었다. 그들의 방마다 불이 켜지기를.

　꽤 오랜 시간이 지났다. 아무 소식이 없었다. 그러자 나는 잠들지 못하고 몸을 이리저리 뒤척이고 있을 그들을 상상해 보았다. 지금 그들은 잠든 체하고 있을 뿐인 것이다. 내가 이제라도 쾅 하고 피아노를 울리기 시작한다면 그들은 구원이라도 받은 듯이 뛰어나오리라. 물론 이 밤중에 무슨 소란이냐고 나를 나무란다는 대의명분으로서. 나는 피아노에 생각이 닿은 것이 기뻤다. 나는 피아노 앞으로 다가갔다. 그리고 뚜껑을 열었다. 건반이 어둠 속에서 하얗게 웃고 있었다. 나의 손가락들이 건반 위에 놓여졌다. 이제 손에 힘만 주면 되었다. 물론 곡도 무엇도 아닌 광폭한 소리만이 이 집을 떠내려 보낼 것이다.

여기서 공원의 그 젊은이는 그의 얘기를 그치었다.

"그저 덧붙여서 한마디 한다면……" 하고 그 젊은이는 잠시 후에 얘기했다.

"그날 밤 피아노가 그토록 시끄럽게 울렸음에도 불구하고 나를 피아노 앞에서 떼어 내기 위해서 방문을 열고 나온 사람은 단 한 사람, 할아버지뿐이었습니다. 몇 개의 기침 소리를 들은 듯하기도 했습니다만."

피아노 앞에서 떨어져 나오면서 자기는 왜 그렇게 고독함을 느꼈고 그의 방으로 데려다 주기 위하여 그의 손목을 잡고 있는 할아버지의 팔이 왜 그렇게도 억세게 느껴졌는지 알 수가 없었다고 말하고 나서 그 젊은이는 나를 빤히 쳐다보며 물었다.

"어느 쪽이 틀려 있었을까요?"

"글쎄요."

라고 나는 대답하며 생각했다. 나로서는 얼른 믿어지지 않는 얘기다. 첫째, 그런 생활이 있을 것 같지 않고, 있다고 해도 어느 쪽이 반드시 틀렸다고 말할 수도 없고, 오히려 두 쪽 다 잔혹할 뿐이라는 점에서 똑같고, 어느 쪽이 틀렸다고 해도 그것은 그 젊은이가 이질적인 사실을 한눈에 동시에 보아버리려는 데서 생긴 무리겠지, 라고.

"내가 틀려 있었을까요?"

라고 그 젊은이는 다시 내게 물었다.

"글쎄요."

라고 대답하며 다시 나는 생각했다.

그러고 보니 아무도 틀려 있는 사람은 없는 듯하다. 그렇지만 이것도 자신 있는 생각은 아니고 솔직히 말하면 나도 모르겠다. 알 수 있는 것은 다만, 그 젊은이가 보았다는 두 가지 생활이 사실 내 바로 곁에 공존하고 있다고 하면 나도 좀 멍청해져버리지 않을 수 없으리라는 느낌뿐이었다.

누이를 이해하기 위하여

축전(祝電)

'가하' 오빠.

부호(符號)라는 걸 만든 이에게 평안 있으라. 엉망진창이 된 나의 감정을 감정의 뉘앙스라는 점에서는 완전히 인연 없는 의사 전달 수단으로써 표현할 수 있는 이 신기함이여. 그렇지만 고향의 누이는 꽃봉투 속에 든 전문(電文:전보문) ─ '축 순산(順産)'을 읽을 게 아니냐고? 맙쇼, 어깨 한 번 으쓱하면 다 통해버리는 감정표시를 서양 영화에서 나는 좀 더 먼저 배운걸.

프로필

　김 형, 우리는 취하기 위해서 세상에 태어난 게 아닐까요? 그렇지만 자칭 소설가라는 그 작자는 술에 취해서 벌개진 얼굴을 제법 심각하게 찌그러뜨려 가지고, 허지만, 형씨, 우리는 그리워하기 위해서 태어난 게 아닐까요? 그렇게 대답하며 이 작자는 자기의 턱에 듬성듬성 난 수염을 손으로 슬슬 쓰다듬기까지 한다.

　그러나 작자에 대해서라면 내가 잘 알고 있다. 그럴 리는 없지만 만약 제게서 치기(痴氣)가 조금이라도 엿보인다면, 그건 제가 사랑하던 여자를 잃고 나서부터일 겁니다, 라고 작자는 얘기하고 있지만 천만에, 작자가 치한(痴漢)이 된 것은 아주 오래 전부터 — 어쩌면 태어날 때부터였다고 생각된다. 천부(天賦:하늘이 준, 선천적으로 타고 남)의 성격이라고나 할까. 그런데 작자는 사랑 어쩌고 하면서 핑계를 만들지 못해 안달인 것이다.

　뻔뻔스러워서 어디든지 잘 나서고, 뭐든지 자기가 빠지면 안될 듯이 생각하고 친구들의 우정에 대해서도 마치 노예가 주인 섬기듯이 대해 주기를 기대하고 그나마 우정에 대한 보수(報酬)로서는 억지로 지어낸 엉터리 음담패설이다.

　세상의 여자들이, 아니 모든 사람들이 모두 자기 소유인 양 불쌍해하고 — 불쌍해하는 척하고, 그래서 내가, 취하기 위해서, 라고 말하면, 아니지요, 그리워하기 위해서죠, 라고 엉뚱한 응수를 해 오는 놈이다. 남에게 대단히 관대한 척하며 그러나 만일 상대편에서 작자를 비난하는 얘기라도 한 마디 하는 경우엔 차마 정면으로 상대를 욕하지는 못하지만 내심 끙끙 앓으면서 그 사람을 영원한 적으로 돌려버리고 그렇게 하여 생긴 적이 많은 탓인지 작자는, 내게 기관총이 하나 있었으면 좋겠어, 대낮에 한길 가운데서 드르륵 드르륵 해 봤으면, 하고 정신박약자 같은 소리를 이따금씩 중얼대는 것이다.

술이라고는 활명수만 마셔도 취하는 놈이 친구만 만나면 마치 인사라고 하는 것처럼, 여보게 술 한잔 사, 졸라대고 그래서 정작 친구가 술집으로 작자를 데려가 주면 기껏 막걸리 한 사발을 들이켜고서도 얼굴이 시뻘게져 가지고, 나 변소에 좀, 그러고는 뺑소니거나 뺑소니에 실패할 경우엔 술잔 받을 기회를 만들지 않기 위해서 시시한 유행가만 계속해서, 그것도 여자 목소리에 가까운 방정맞은 목소리로 불러대는 것이다. 그러면서도 결국 작자는 한길의 저편을 걸어가는 행인들 중에서 아는 여자를 발견하기라도 하면, 여보세요, 술 한잔 사 주시오, 하고 외치고 만다. 비럭질(구걸하거나 빌어먹는 짓). 아니면 일종의 추파. 술 마시기

보다는 자기의 존재를 알리려는 데 목적이 있는 듯하다.

　성실한 데라고는 도시(도무지, 전혀) 찾아볼 수가 없고 성실한 척해 보이려는 노력만이 일종의 고통의 표정으로서 작자의 얼굴에 나타나 있을 뿐, 그나마도 작자 자기와 흡사한 친구들 앞에서나 이다. 마치 자기네들에게만 고뇌가, 작자가 곧잘 사용하기 좋아하는 고뇌가 있는 것처럼 얘기하고 정식으로 살아가고 있는 사람들이 부딪쳐서 투쟁하고 있는 고뇌에 대해서는 작자는 일부러 눈감으려고 하는 듯하다. 작자가 그 자기류의 고뇌라는 것에 대해서 얘기할 때는, 웩, 정말 구역질이 난다.

　작자는 가난하다는 게 무슨 자랑이라도 되는 것처럼, 자기 맘에 드는 여자가 있으면 좌우간 가서 붙들고는, 제겐 돈은 없지만 순정은 있습니다, 고 말하며 아마 상대편의 '순정'을 구걸하는 모양인데 작자의 그런 태도란 만약 작자에게 쇠푼(얼마 안 되는 돈)이라도 있었더라면, 저희 집엔 자가용도 피아노도 텔레비도 있으니 저와 결혼해 주세요, 라고 틀림없이 말할 놈인 것이다. 그런가 하면 때로는 마치 백만장자의 손자나 되는 것처럼 바, 술집, 다방에서도 비싼 차(茶)로, 자기에게 아무 소용없는 피리나 풍선을 한꺼번에 열 개씩이나 사고, 버스표 파는 아주머니들께 푹푹 인심 쓰고…… 그렇게 하여 오랜만에 좀 두둑했던 호주머니를 하루 아니 불과 서너 시간 안에 다 써버리고 나서는 또, 제게는 돈은 없지만…… 이다. 자기가 지금 얼마나 쩨쩨한 말을 하고 있는가를 작자 자신도 잘 알고 있는 모양인지 이젠 그걸 마치 장난하듯이 마구 써먹으며 즐기고 있는 것이다. 하나에서 열까지 동정할 데라고는 한 군데도 찾을 수가 없어서 좀 가엾다고나 할까. 어지간히 살고는 싶은 것인지 급작스런 죽음을 당할 경우에 대비해서 품속에 늘 유서(遺書)를 품고 다닌다. 딴은 그 유서가 한번 보고 싶기도 하다. 거기에만은 다소 진실에 가까운 얘기가 씌어 있을는지. 그러나 모르긴 해도 아마 그것을 보지 않는 편이 다행스러울지도 모른다. 왜냐하면 작자의 거짓말은 지나칠 정도로 능숙하니까. 약속 어기는 것쯤은 예사인 모양이다. 그리고 작자에게 있는 것이라고는 과거뿐이기 때문에 ─ 그것도 지금 여기에 그가 있다는 사실을 무시할 수가 없기 때문에 작자에게도 과거가 있나 보다고 짐작할 정도지, 그렇잖았더라면 그나마 못 믿었을 것이다 ─ 항상 자기의 과거만 얘기한다. 몇 살 때에 나는…… 이런 식으로. 가만히 듣고 앉아 있을 수밖에 별 도리 없지만, 그 얘기도 대부분이 조작이리라는 건 뻔하다. 어떠한 조작된 과거라도 그것을 몇 번 반복하면 마치 사실인 것처럼 작자에게는 생각되는 모양이다. 그런 의미에서라면 작자의 과거는 꿍

장히 다양했고 풍성했고 진실한 것이었고 그래서 작자의 말대로 태어나지 말든지 혹은 태어나서 곧 죽었어야 했든지, 요컨대 과거 속에서 사라져버렸어야만 행복했을 터이다. 그렇지만 조작된 과거, 더구나 진짜였던 것처럼 되어버린 과거 — 나는 그걸 상상할 수조차 없다. 지금의 자기를 수년 후엔 또 무어라고 장식할는지. 진실하지 못하다는 점에서, 어느 것이 옳은지 모른다는 점에서, 만약 작자가 전쟁터의 군사라면 틀림없이 자진하여 이중간첩이 되었을 것이다. 어쩌면 총살형의 법령을 알면서도 할는지 모를 놈이다.

사랑. 사랑받지도 못하고 사랑을 주기도 무서워져서 치한이 되었다니, 뻔뻔스러운 얘기다. 저 고귀한 사랑이 작자와 같은 사람에 의해서 더럽혀지는 것은 아닐까. 사랑을 무슨 금전거래로 알고 있는 건 아닌지. 사랑이라고 해도 작자의 사랑은 치사하기 짝이 없다. 언젠가 나와 함께 버스를 타고 가던 작자는 우리가 손잡이를 잡고 서 있는 바로 앞좌석에 앉은 어느 청년 하나에게 이상한 눈치를 보내더니 급기야 험상궂고, 증오하는, 금방 잡아먹을 듯한 눈초리를 그 청년에게 쏘아 대는 것이었다. 천만다행으로 그 청년이 작자의 그 시선을 못 느꼈기 때문에 큰일은 나지 않고 우리는 버스를 내렸지만 알고 보니 그 청년과는 전연 알지 못하는 사이. 길을 가다가 이따금씩 버스칸 같은 데서 작자는 누구나 한 사람을 작자의 옛 여자를 빼앗아 간 남자 — 실제의 그 남자를 작자는 모르기 때문에 — 로 가정해 두고 혹은 어떤 여자가 옛 여자와 코가 닮았다든가 입이 닮았다든가 웃음소리가 닮았다든가 하는 것을 발견하면 작자는 그 사람들에게 그와 같은 험악한 시선을 보내는 것이었다. 사랑치고는 치사한, 치사하다기보다는 만일 천치들이 사랑을 한다면 아마 그런 식으로 할 사랑이면서 주제에 작자는, 사랑이 어쩌니, 하는 것이다. '사랑은 주는 것. 가장 아름다운 것은 슬픔이라는 감정' — 이러한 사랑의 ABC도 작자는 들어보지 못한 게 분명하다.

작자는 또한 거만하고 동시에 쩨쩨해서, 자기가 거리를 지나가면 길 가던 사람들이 다시 한번 돌아보아 주는 인물이 됐으면, 하고 바라고, 그래서 영화배우나 됐더라면 만족했겠지만 그러나 용모에는 자신이 없었던지 소설가라고 스스로 칭호를 붙여 놓고 으스대기만 하는 놈이다. 소설가라야 얄팍한 소설책 한 권을 출판해 놓았을 뿐이다. 나는 작자가 항상 호주머니에 넣고 다니는 그 저서(著書)라는 걸 언젠가 본 적이 있지만 책이라야 획수도 제대로 붙지 않은 낡아빠진 활자로 찍혀져서 우선 보고 싶은 맘이 내키지 않는데다가 잠깐만 훑어봐도 '사랑, 오뇌(懊惱:뉘우쳐 한탄

하고 괴로워함), 회오(悔悟:잘못을 뉘우치고 깨달음), 연민, 죄, 벌, 자세, 인간, 미덕, 신, 악마, 종교, 사회, 정신의 후진 후진……' 그리고 다시 '사랑, 오뇌, 회오, 연민, 죄, 벌, 자세, 인간, 미덕, 신, 악마, 종교, 사회, 정신의 후진 후진……' 등의 단어들이 제멋대로 툭 툭 튀어나온다. 남들이 옛날에 써버린 걸 주워 모아 들고 낑낑대고 있는 작자는 어쩌면 불쌍하기조차 하지만 게다가 작자 자신 과는 거의 인연이 없는 단어들이라 보면 웃음밖에 더 나오지 않 는다. 그야말로 '후진 후진' 이다.

내가 잘 알고 있거니와, 작자는 빚이라도 진 기분으로 하루 저 녁쯤 '고뇌' 하고는 그걸로써 이젠 체면은 섰다는 듯이 열흘을 배 짱 편하게 사는 놈인 것이다. 하룻밤 벌어서 열흘을 살 수 있다 면 오오, 세상 어디에 가난뱅이가 있겠는가?

치한. 작자의 뻔뻔스러움에 대해서는 좀 전에도 얘기했지만 그것은 작자의 용모에서도 나타난다. 작자의 머리는 도대체 몇 달 동안이나 이발을 하지 않은 것인지 앞머리의 머리털 끝을 늘 어뜨리면 유난히 기다란 그의 코끝에 머리털의 끝이 닿는다. 목 욕도 얼마 동안에 한 번씩이나 하는지 — 나는 그가 무슨 자랑이 라도 하듯이, 나 어제 목욕했어. 7개월 만이지, 하며 히쭉거리던

걸 본 일이 있다 — 작자의 곁에 가면 짜릿한 냄새가 난다. 옷도 너털너털. 이런 것들은 만약 작자가 조금만 노력하면 고쳐질 수 있는 게 아닌가. 그러면서도 작자가 자기의 그러한 용모를 우겨댈 수 있는 것은, 그의 친구들이, 저자는 소설가니까 저런 용모가 당연하고 또 어울리기도 해, 말하자면 체하는 건데 괜찮거든, 이라고 얘기해주기 때문이다. 사실은 작자의 성미가 천성적으로 게으르고 더러워서 목욕도 이발도 하기를 죽자고 싫어하는 터인데 친구들이 그렇게 자기들 나름으로 변명을 해 주니까, 얼씨구 잘됐다 싶은지, 그렇고말고, 소설가란 다 이런 거야, 헤헤 웃음으로써 얼렁뚱땅 넘겨 그 용모를 유지해버리는 것이다.

작자는 시시한 일로도 곧잘 웃는다. 즐거워서 웃는 게 아니라 남의 비위를 맞추려고 웃는 것이다. 그러면서도 내가, 취하기 위해서, 라고 얘기하면, 아니지요, 그리워하기 위해서, 라고 엉뚱한 응수를 해 오는 놈이다. 잘 웃고 그리고 그리워하기 위해서 태어났다고 말하고 있는 작자를, 처음 만나는 사람들은 굉장히 착한 사람을 보는 눈초리로 보지만 그런 사람들이 다음의 이야기를 들으면 작자를 착한 놈으로 보았던 자기 자신이 창피해서 얼마나 얼굴이 새빨개질까.

언젠가, 무슨 용무로써였던지는 잊었지만, 작자와 함께 어느 여학교엘 간 적이 있었다. 교무실에서 용무를 마치고 나서 우리가 그 교사(校舍:학교의 건물)의 현관을 통해 나올 때였다. 현관에는 학생들에게 오는 편지를 꽂아 두는 우편함이 설치되어 있었고 마침 수업 중이어서 현관에는 아무도 없었다. 그런데 작자는 그 우편함에서 손에 잡히는 대로 편지 하나를 냉큼 집어서 호주머니에 쑤셔 넣어버리는 것이었다. 그런 짓 하는 데에는 길이 들어버린 탓인지, 편지를 집어넣는 그 속도라든가 태도는 내가 무어라고 말릴 틈도 없이 순간적으로 그리고 거의 무의식적이라고나 얘기해야 할 것이었다. 작자의 치기에 대해서는 알 대로 다 알고 있기 때문에 그때 나는 좋다 그르다 한마디 안 해버리기로 했지만 그가 호주머니에 쑤셔 넣은 편지에 자꾸 신경이 쓰였다. 그런데 작자는 편지 같은 건 다 잊어버렸다는 듯이, 아니 편지를 훔쳐 넣은 일도 없었다는 듯한 얼굴로 걸어가다가 결국 내가 궁금증을 참다 못하여, 그 편지, 하고 주의를 주자 정말로 잊어버리고 있었던 모양인지, 아 그랬지, 하며 그제서야 편지를 꺼내들고 봉투의 앞뒤를 뒤척여 보며, 흠 글씨 참 못썼군, 설상가상으로 편지봉투에 연필글씨야, 하며 혀를 끌끌 차는 내 참 그 어처구니 없는 꼴.

작자는 봉투를 북 찢고 안에서 편지를 꺼냈다. 편지만이 아니었다. 그 편지 안에 꼼꼼하게 싸인 돈이 이백 원 — 우체법 규정의 법망을 용케 빠져나와서 바야흐로 수취인의 손에 안착하려던 백 원짜리 지폐 두 장이 들어 있었다. 편지 내용은 홀어머니가 딸에게 보내는 것으로 되어 있고 대강 이런 내용이었다고 기억한다. '납부금과 하숙비는 있는 힘을 다하여 장만하고 있으나 여의치 않다. 좀 더 기다려 보아라. 우선 구한 돈 보내니 이걸로 그동안 견디어 보기 바란다.' 있는 힘을 다하여 구한 돈이 이백 원. 그 어머니의 철자법에 무식한 글은 그러나 거의 울음으로 찬 느낌을 주고 있었다. 딸은 틀림없이 초조한 기대를 갖고 고향에서의 편지를 기다리고 있으리라. 만일 이 편지가 딸의 손에 들어갔더라면 딸은 어머니의 글이 풍겨 주는 것에서 자기 신분의 분수를 생각하고, 그리고 학교를 그만두고 그 이백 원을 여비로 하여 고향으로 돌아가서 그리고 어머니와 얼싸안고 울고 그리고…… 뜻밖의 수확인걸, 공짜로 얻은 건 얼른 써버려야지 그렇잖으면 도루 잃어버린다오, 하며 작자는 그 지폐 두 장을 내게 흔들어 보이는 것이었다. 과연 작자는 싫다는 나를 억지로 끌고 술집으로 데리고 가더니 죽이고 싶도록 기분 좋은 태도로 술을 마셔대는 것이었다. 그러고 나서는, 그리워하기 위해서, 라고 말하는 바인데 도대체 무엇이 그립다는 것일까.

고향이 그립다는 것인지? 작자는 나로서는 생전 이름도 들어 보지 못한 시골에서 올라와서 서울을 빙빙 돌아다니며 사는 놈인데 그러고 보니 작자의 저 광증(狂症)에 가까운 생활 태도는 무전여행자의 그것 아니면 촌놈이 서울에 와 보니 모든 게 신기하기만 해서 어쩔 줄을 몰라, 아니 무턱대고 우쭐대고 싶은 저 촌뜨기 의식에 가득 차서 괜히 심각한 체해 보았다가 시시하게 웃어 보았다가 술 사 달라고 조르고 사랑이 어쩌니 하고 있는 게 분명한 것이다. 고향이 그립다는 것인지? 그러나 고향이 그리운 것 같지도 않다. 작자의 고향에는 자기의 어머니와 누이가 살고 있다고 얘기하는 것을 들은 적이 있지만, 작자는 그들에게 대해서 별 애착을 갖고 있는 것 같지도 않은 것이다. 나는 작자에게 보낸 그의 어머니의 편지를 한 번 읽은 적이 있는데 내가 보기에는 세상에서 그처럼 다정하고 착하고 그리고 내가 그 편지 속에서 받은 느낌으로 상상해 보건대 그처럼 아름다운 용모를 가진 어머니가 좀처럼 있을 것 같지 않았다. 성모 마리아의 하얀 석상을 볼 때 받는 느낌 같았다고나 할까, 요컨대 작자에게는 분에 넘치기 짝이 없이 훌륭한 어머니인 것이다. '아들아, 먼 곳에 너를 보내 놓고 마음 한시도 놓지 못하고 있다. 하나님께 기도드리면 내 아들이 아무리 먼 곳에 가 있더라도 심신 평안하다 하여 지난 주일부터는 읍내에 있는 성당에 다니기로 하였다. 어느 곳에 있든지. 무슨 일을 하든지…….' 내가 읽은 그의 어머니의 편지 한 구절이다.

내가 그 편지를 읽고 있는 동안에 작자는, 우리 마을에서 성당이 있는 읍내까지는 꼬박 삼십 리 길인데…… 왕복 육십 리, …… 미친 짓하고 계셔, 라고 투덜대더니 괜히 화가 나가지고 내가 그 편지를 돌려주자 북북 찢어서 팽개쳐버리는 것이었다. 그처럼 착하신 어머니께 '미친'이라는 차마 입에 담을 수 없는 욕을 하는 그야말로 미친 바보, 멍텅구리, 촌놈, 얼치기, 치한.

작자의 객기(客氣) 중의 하나는 이따금씩 쉽사리 속아넘어가 줄 만큼 순진한 사람을 만나면 어울리지 않게 심각한 얘기를 끄집어내서 상대의 환심을 사려는 그 버르장머리이다. 내가 작자의 그러한 못된 버르장머리를 알고 있다는 것을 눈치챈 모양으로, 그러기 때문에 그는 나를 되도록 피하려고 애쓰며 또한 아무리 예수님처럼 순진한 사람이 작자의 앞에 앉아 있더라도 내가 함께 있는 자리에서는 그 사람에게 잘 보이려고 심각한 얘기를 꺼내는 것 같은 짓은 감히 하지 않는다. 그러나 그것도 더 참을 수가 없었던지 며칠 전에는, 창을 통해서 황혼을 맞고 있는 거리가 내려다보이는 어느 다방에서 내 앞에 고개를 숙이며 심각한 투로 작자는 말을 꺼내는 것이었다.

— 만일 신이 계시다면……

염병할 자식, 난데없이 신은 왜 들추어내는 거냐. 오오, 명작(名作)이라면 대부분이 반드시 신을 붙들고 어쩌구 저쩌구 하고 있으니까, 짜아식 아아쭈, 흉내를 내보려구. 작자의 다음 말을 듣지 않기 위해서 나는 두 손으로 귀를 막아버렸다. 그러나 귀가 완전히 막힐 수는 없는 모양이다. 결국 나는 작자의 말소리를 — 먼 곳에서 들려오는 듯하긴 했지만 별수 없이 작자의 말소리를 들어버렸다.

— 내게도 다소 인간적인 데는 있다고 말씀하실 거야.

그렇지만 이 얼치기, 가짜, 흰수작(실속은 없이 자랑으로 떠벌리는 말이나 짓)만 하는 소설가여, 슬픈 목소리로 솔직히 이렇게 중얼거리실지어다. 심각한 체라도 하지 않고서는 살 수가 없다고.

갈대들이 들려 준 이야기

온 들에 황혼이 내리고 있었다. 들이 아스라이(희미하고 어렴풋하게) 끝나는 곳에는 바다가 장식처럼 붙어 보였다. 그 바다가 황혼 녘엔 좀 높아 보였다. 들을 건너서 해풍(海風)이 불어오고 있었지만 해풍에는 아무런 이야기가 실려 있지 않았다. 짠 냄새뿐, 말하자면 감각만이 우리에게 자신을 떠맡기고 지나갈 뿐이었다. 우리는 모두 그것에 만족하고 있었지만 그래서 오히려 우리들은 좀 신경이 날카로워져 있었던 것일까. 설화가 없어서 우리는 좀 우둔했고 판단하기를 싫어하는 사람들이 누구나 그렇듯이 세상을 느끼고만 싶어했다. 그리고 그들이 항상 종말엔 패배를 느끼고 말듯이 우리도 그러했다. 들과 바다 ── 아름다운 황혼과 설화가 실려 있지 않은 해풍 속에서 사람들은 영원의 토대를 장만할 수가 없다. 그래서 사람들은 도시로 몰려갔다. 그리고 더러는 뿌리를 가지게 됐고 그렇지만 많은 사람들이 처참한 모습으로 시들어져 갔다는 소식이었다. 차라리 이 황혼과 해풍을 그리워하며 그러나 이 고장으로 돌아오지는 못하고 차게 빛나는 푸른색의 아스팔트 위에 그들의 영혼과 육체를 눕혀버리고 말았다는 안타까운 소식이었다. 한낱 자연의 현상에 불과한 저 황혼과 해풍이 그리하여 내게는 얼마나 깊고 쓰라린 의미를 가졌던가! 숱한 사람들에게 인간의 의미를 깨닫게 해주고 동시에 보다 깊은 패배감을 안겨 주고 무심히 지나가버리는 저것들.

그날 황혼녘에 나는 누이를 마을에서 좀 떨어져 있는 작은 강의 둑으로 불러내었다. 강은 이 들의 한복판을 꾸불꾸불 가르며 흐르고 있었다. 대개의 강들과는 반대로 이 강의 수원(水原)은 바다였다. 바다가 썰물일 때면 따라서 이 강의 물도 빠지고 바다가 밀물일 때면 이 강도 함께 부풀어 오르는 것이었다. 이 강가의 무성한 갈대밭 사이에 매여 있는 작은 돛배들은 밀물일 때를 기다려서 떠나고 혹은 돌아올 수밖에 없었다. 이 강이 들의 농업수가 되어 있는 건 아니지만 연안(沿岸:바다나 강·호숫가의 육지 또는 그에 가까운 수역)의 고기잡이라든가에는 퍽 친절한 수로(水路)가 되어 있었다. 우리가 사는 마을은 이 강과 그리고 이 들에 매달려 있었다.

밀물 시간이어서 강물은 바다 쪽으로부터 빠르게 흘러오고 있었다. 갈대숲 사이에는 부리가 긴 물새들이 날아다니며 먹이를 찾고 있었다. 간간이 고기들이 강물 위로 펄펄 뛰어오르곤 해서 주위의 정적을 돋우어주고 있었다. 강물은 황혼 속에서 금빛이었다. 해풍이 퍽 세게 불어와서 내 곁에 말없이 앉아 있는 누이

의 머리칼을 흩날리고 있었다. 결국 이 황혼과 이 해풍이 누이의 침묵을 만들어버렸던 것이다.

누이는 도시로 갔었다. 어머니와 내가 누이를 도시로 보냈었다. 그리고 며칠 전 갑자기, 거진 이 년 만에 이곳으로 다시 돌아왔었다. 누이가 도시에 가 있던 그 이 년 동안 나는 얼마나 지금 우리 앞에서 지상을 포옹하고 있는 이 자연현상들에게 누이의 평안을 빌었던가. 그러나 도시에서는 항상 엉뚱한 일이 일어나는 모양이었다. 어떠한 일들이 누이를 할퀴고 지나갔었을까. 어떠한 일들이 누이를 빨아먹고 갔었을까. 어떠한 일들이 누이를 찢고 갔었을까. 어떠한 일들이 누이에게 저런 침묵을 떠맡기고 갔었을까. 누이는 도시에서의 이야기를 나와 어머니의 간절한 요청에도 불구하고 한마디 하려 들지 않았었다. 우리는 누이가 지니고 왔던 작은 보따리를 헤쳐 보았다. 그러나 헌 옷 몇 벌과 두어 가지의 화장도구를 발견할 수 있었을 뿐이었다. 그걸로써는 누이에게 침묵을 만들어 준 이 년의 내용을 측량해 볼 길이 없었다. 누이의 침묵은 무엇엔가의 항거(抗拒)의 표시였다. 우리를 향한 항거였을까, 도시를 향한 항거였을까. 그렇지만 우리를 향한 것이라면 그것은 분명 누이에게 잘못이 있는 것이다. 침묵으로써가 아니라 높은 목소리로 누이는 우리를 질책했어야 하는 것이다. 높은 목

소리로 질책하는 방법이 침묵의 질책보다 더 서툴렀다는 것을 결국 도시에서 배워 왔단 말인가?

반대로, 도시를 향한 항거라면 — 아마 틀림없이 이것인 모양이었는데 — 그렇다면 누이의 저 향수(鄕愁)와 고독을 발산하는 눈빛, 사람들이 두고 온 것들에게 보내는 마음의 등불 같은 저 눈빛을 우리는 무엇으로써 설명해야 할 것인가?

누이가 돌아오고, 누이가 도시에서의 기억을 망각하려고 애쓰는 듯한 침묵 속에 빠져드는 것을 보고 우리가 아마 누이가 도시에서 묻혀 온 고독이 병균처럼 우리 자신들조차 침식시켜 들어오는 것을 느끼게 되었다.

이 황혼과 이 해풍. 그들이 우리에게 알기를 강요하던 세계는 도대체 무엇이란 말인가. 미소를 침묵으로 바꾸어 놓는, 만족을 불만으로 바꾸어 놓는, 나를 남으로 바꾸어 놓는, 요컨대 우리가 만족해 있던 것을 그 반대로 치환(置換)시켜버리는 세계였던 것인가. 누이는 적어도 우리가 보낼 때에는, 훈련을 받기 위해서 그곳에 간 것이 아니라 완성되기 위해서 간 것이었다. 그런데 침묵의 훈련만을 받고 돌아오다니.

어제저녁, 어머니는 당신이 우리에게 마음을 쓰고 있다는 표시로 되어 있는 밀국수를 끓여서 저녁 식사를 하는 자리에서 당신이 할 수 있는 가장 부드러운 말씨와 정성어린 손짓으로 누이의 어깨를 쓰다듬으며 도시에서 무슨 일을 했던가, 어떤 곤란을 겪었던가, 무엇이 재미있었던가, 남자를 사귀었던가, 그렇다면 어떤 남자였던가, 고 얘기해주기를 간청했었다. 그런데 그것이 짐작컨대 누이의 쓰라린 추억을 불러일으킨 모양이었다. 누이는 어머니를 붙들고 소리 없이 울었다. 석유 등잔불의 펄럭이는 빛이 그들의 그림자를 더욱 쓸쓸해 보이게 했다. 왜 저를 태어나게 했어요, 라고 누이는 말했다. 어머니도 소리 없이 울고 있었다. 누이는 어머니의 얼굴을 올려다보며 새삼스럽게 울음을 터뜨렸다. 미안해요, 어머니, 라고 누이는 말하고 싶었던 거다. 하루는 아무렇지 않다는 듯이 무서운 사건이 세계의 은밀한 곳에서 벌어지고 그리고 다음 날은 희생자들이 작은 조각에 몸을 기대고 자기들의 괴로움을 울며 부유(浮游)하는 것이다.

강물이 빠르게 밀려오고 금빛 하늘이 점점 회색으로 변해가는 이 시각에 내게는 아직도 신비한 힘을 보여주는 자연 속에서 나는 누이로 하여금 도시의 모든 기억을 토해버리게 할 생각이었다. 나를 위해서가 아니라 누이를 위해서였다. 이 년 동안을 씻어버리고 다시 이 짠 냄새만을 싣고 오는 해풍으로 목욕시키고 싶었다. 숲 속의 짐승들이 감각만으로써 살아갈 수 있듯이 그렇게

살아가게 하고 싶었다. 인간이란 뭐냐, 인간이란? 저 도시가 침범해 오지 않는 한, 우리는 한 고장을 지키기에 충분한 만족을 가지고 있는 것이다. 영원의 토대를 만든다는 것, 의지의 신화들을 배운다는 것, 우는 법을 배운다는 것, 침묵을 배운다는 것, 그것만이 인간인 것이냐? 인간의 허영이 아닌가, 라고 나는 누이에게 말해 주고 싶었다.

세상은 넓은 것이다. 불만이고자 하는 사람들을 포용하고 동시에 만족하고자 하는 사람들을 포용한다. 세상이 거절만 하지 않는다면 우리가 만족해 있다는 것을 — 이 작으나마 고요한 풍경 속에서 만족해 있다는 사실을 과시해도 좋은 것이다. 도시에 갔던 사람들이 이곳으로 여간해선 돌아오지 못하고 마는 이유는 어디 있는 것일까. 나는 알 수가 없었다. 다행히 누이는 돌아왔다. 그러나 옷에 먼지를 묻혀 오듯이 도시가 주었던 상처와 상처의 씨앗을 가지고 돌아왔다. 무수히 조각난 시간과 공간. 무수히 토막 난 언어와 몸짓이 누이의 기억을 이루고 있으리라는 건 알 수 있었다. 그리고 그 무수한 것들. 별들처럼 고립되어 반짝이는 그 기억들이 누이의 가슴에 박혀서 누이의 침묵을 연장시키고 혹은 모든 것을 썩어 나게 하는 것이다. 무엇이냐, 그 파편들은 무엇이냐? 그리하여 나는 동화 속의 인물처럼 말하였던 것이다

— 이번엔 내가 가보지.

내가 사랑하고 만족해 있던 황혼과 해풍에 꿋꿋한 맹세조차
했었던 것 같다.

누이의 결혼

퍽 오래 전에 고향으로부터 소식이 왔다. 누이가 결혼을 한 것
이다. 해풍 속에서 살결을 태우며 자라난 젊은이와. 만일 그때 누
이가 내 곁에 있었더라면, 그 애가 알아듣든 못 알아듣든 이런 얘
기를 하고 싶었다. 그러나 사람들에게 제각기의 밤이 있듯이 제
각기의 얘기가 있는 것이다. 도시에 있어서도 마찬가지이다. 사
랑하고 동시에 배반하고 그러면 한편에서도 사랑하고 동시에 배
반하고 요컨대 심판대를 세울 수가 없는 것이다. '최후 심판의
날'을 상상해 보지만 얼마나 난해한 순환일까. 황혼과 해풍 속에
서 사는 사람들도 그리고 '안녕하십니까' 속에서 사는 사람들도
누구나 고독했다.

또 하나의 소식. 누이가 어린애를 낳았다고, 사람 하나를 탄생
시켰다고.

일지초(日誌抄:그날그날의 기록을 베낀 글)

절망이란 단순히 감정상의 문제가 아니다. 모든 논리가 꺾이
고 지성이 힘을 잃고 최악의 감정, 예컨대 증오조차 사라져버리
는 저 마구 쓰리기만 한 감촉의 시간. 도회(都會:도회지, 도시)를 떠
난다고 해도 이미 갈 곳은 없고 죽음으로써도 해결될 것 같아 보
이지 않아서 불더미 속에 싸이기나 한 듯이 안절부절못하는 사
나이여. 유희(遊戲)의 기록이라도 하라.
　멀고 깊은 산속으로 왕릉(王陵)을 보러 가던 길에, 길섶(길의 가장
자리)에 피어 있는 작은 패랭이꽃 한 송이를 보고 그 꽃 곁에서 놀
며 하루를 보내버리고 돌아오다. 흐린 날씨. 바람이 꽤 세게 불
고 있었다고 기억된다.

　변소에 가서 뒤를 보며 울었다. 드디어 내게도 변비가 생겼구

나고.

　　영원과 순간의 동시적 구현 — 인간. 으흥. 그래서 모호하군.

　　"한국 시엔 운(韻)이 없어서 맛이 없어." 어느 친구의 말.

　　"그렇고말고. 불란서 시의 그 운의 맛이란…… 헤헤." 나여, 나여, 말끝을 흐려버리고 헤헤는 왜 나왔느냐. 실력이 없다는 증거. 시시한 의견은 삼가라. 함부로 떠들다가는 헤헤가 나오고 그러면 자기의 무식을 개탄(분하게 여겨 탄식함)하고 동시에 열등감을 느끼고 그래서 똑똑한 의견을 가진 사람을 미워하게 되고……결과는 의외로 나빠진다.

　　"저 노 형, '다스라니스키' 라는 노서아(露西亞: '러시아' 의 한자음 표기) 소설가를 아시는지요?" 내가 묻는다.

　　"저 『죄와 벌』의 작가 말씀인가요?" 친구는 대답한다.

　　"아니지요. 그건 '도스토예프스키' 고요."

　　"모르겠는데요." 친구는 당황한다. 진작 이럴걸. 간단하잖느냐 말이다. 항상 질문하는 편이 되고 그러면 상대는 얼떨떨해져서 열등감을 약간은 느끼고 나는 그걸 보고 약간은 우쭐대고. '다스라니스키' 라는 이름은 방금 내가 지어낸 것, 따라서 그런

소설가란 없었던 것이다.

'운명과 우연을 생각해 본다. 그리고 둘 다 부정해 본다.'

증명 : 거울 앞에 서라. 거기에 비추인 네 얼굴을 보라. 웃는가? 아니 그 반대다. 그럼 네 선조로부터 시작되어 반복되는 저 위대한 실험을 생각하라 ─ 그러나 그것도 또렷한 불확실.

위대한 사상과 위대한 파괴와는 어쩔 수 없는 관계인 모양이다. 무엇인가를 발굴해가는 예지는 신의 나라를 허물어버리고 있다. 저 하늘에 있던 나라의 모든 건물이 지상에 끌려 내려와 세워지고 그리고 마지막으로 신의 옥좌(玉座)마저 지상에 놓일 때 그 의자 위에는 '나' 가 앉을까? '남' 이 앉을까?

'아아쭈' 라는 유행어. 없었으면 좋겠다.

여자는 사랑하는 남자에게 무엇인가를 자꾸만 주고 싶어 한다. 빨간 표지의 수첩을, 목도리를, 비누를, 사진을, 그렇게 하여 과거를 떠맡기고 여자는 떠나는 것이다. 남자는 그 물건들에 둘러싸여 '사랑하는 이' 라고 불러 본다. 여자는 내게 자살을 요구

하고 있는 건 아닐까, 라고도 생각해 본다. 히히, 18세기로군. 또
는 유행가.

내게는 비평능력이 없다. 세상에 태어나서 꼭 한 번 비평해 보
았다. 그 여자가 나와 헤어지자고 말했을 때.

나의 비평 — 옳은 말이다. 아니다. 옳은 말이다. 아니다.

● '두 사람을 존경하리로다' 라는 제목이 붙은 꿈 이야기

問 "선생님. 잃어버린 한 여자를 잊는 데 얼마의 시간이 필요하
셨습니까?"

答 "십 년이 넘는 지금까지도 아직……."

  (선생님은 병신이군요)

問 "선생님은?"

答 "일 년. 그리고 때때로 생각날 정도."

  (선생님도 병신)

問 "선생님, 당신은?"

答 "삼 개월. 그러자 여자의 얼굴조차 희미해지더군."

  (선생님도 병신)

問 "선생님, 당신은?"

答 "일 주일. 요컨대 술이 깨고 보니 잊어버렸더군."

　(선생님도 병신)

問 "선생님, 당신은?"

答 "여자가 헤어지자는 말이 끝나자마자 바로."

　(선생님도 병신)

問 "선생님, 당신은?"

答 "글쎄. 난 여자를 많이 주무르기는 해보았지만서두 그러면서 뭐 사랑 같은 건…… 글쎄…… 주어본 적이 없으니까."

　(앗! 선생님, 선생님 당신을 존경하겠습니다)

　이 문답 곁에 앉아 있던, 곧 죽어가는 어느 파파영감이 나를 부르더니,

　"여보게 젊은이, 나는 한평생을 젊은 날 잃어버린 한 여자 생각만으로 살아왔는데 그럼 나도 병신이란 말인가?"

　(앗!)

　나는 기절해버렸다.

　아직도 저런 분이 남아 있다니.

　너무나 너무나 기뻐서.

정(正)

반(反)

그러면 다시

정(正) — 내 감정의 변증법.

장미 곁에서 방귀를 뀌다. 어느 쪽의 냄새가 더욱 강했던가?

벗들아, 너희들의 이성을 과시하며 나를 조롱하지 말아다오.

벗들은 교과서의 가르침대로 한 번쯤은 내게 충고를 하고 그
리고 내가 우쭐우쭐하고 있는 사이에 그들은 토라진 계집애들처
럼 홱 돌아서서 어깨를 아주 나란히 하고 총총히 떠나버린다.

너의 의견과 나의 의견이 있을 뿐 — 우리들이 합의한 공통된
의견.

딱한 친구를 보는 것은 내 자신을 보는 것보다 더 괴롭다. 내
게 점심을 사준 어느 친구에게 답례로 음담(淫談)을 하나 들려주
었더니 내게 잘 보이려고 그 순진하기 짝이 없는 친구, 자기도
그쯤은 예사라는 듯한 태도로 기상천외의 음담을 이마에 힘줄을

세워가며 하는 그 모습. 억지로 따라 웃어 주긴 했지만 서글퍼서
서글퍼서 나는 죽고만 싶었다.

안색(顏色)을 팔고 국화를 사는 노인을 보았다. 저렇게 늙고
싶은데.

"당신네 같은 처녀들보다는 닳아진 창녀를 난 더 좋아합니다."
라고 말하여 한 처녀를 울려 보냈다.
왜 나는 거짓말을 했을까? 창가(娼家)는 구경도 못한 놈이.

경계하면서 사랑하는 체, 시기하며 친한 체, 기뻐하며 슬퍼해
주는 체, 저는 너그럽습니다, 라고 표시하기 위하여 웃으려는 저
입술의 비뚤어져가는 저 선(線)이여. '모나리자' 같은 선생님, 만
수무강하십쇼.

"이걸 안 하면 넌 굶어 죽어, 알겠어?"
"네."
"이걸 안 하면 넌 동지를 배반하는 거야, 알겠어?"
"네."

"남들이 그걸 할 때 그걸 구경하고 있는 네가 아무렇지도 않은 심정으로 그들을 구경하듯이, 이번에 네가 한다고 해서 거리를 지나가는 너를 특별히 너만 바라보며 웃거나 할 사람은 없어. 알겠어?"

"네."

'데모'에 한 번 참가하는데 자신에게 몇 번 다짐해야 했던가. 알고 보니 '데모크라시(democracy:민주주의)'가 팽개쳐 버릴 도련님이었구나.

돈이 있었으면 좋겠다. 상냥한 여인이 있었으면 좋겠다. 아담한 방이 있었으면 좋겠다. 이것들만 있으면 문학도 버리겠다고 장담해 본다. 쓴다는 것도 결국은 아편(阿片). 말라만 가고 헛소리를 하게 되고. 아아. 건강한 사람이 되고 싶다. 파이프를 물고 소파에 파묻혀 앉은 독자가 되고 싶다. 물론 고뇌를 사랑하는 사람을 존경한다. 그렇지만 그들을 존경하기만 하면 그걸로써 의무감이 해방을 느끼는 사람이 됐으면 좋겠다. 그럼, 돼지가 되라고요? 맞습니다. 돼지가 됐었더라면……

제게도 역시 사는 편이 재미있다고 생각하는 때가 있습니다. 가만히 앉아서 인생 전체를 훑어 생각할 때가 아니라, 음식을 맛

나게 먹을 때나 밤거리에서 불빛이 밝은 쇼윈도를 구경할 때나
맘에 드는 옷을 입을 때나와 같이 뭐 여럿 앞에서 큰 소리로 얘기
하기엔 창피할 정도로 시시한 일을 하고 있을 때 말입니다.

박수 받고 싶어서 철봉대를 붙들고 다섯 바퀴 돌고, 집에 돌아
와서 껍질이 벗겨져 쓰린 손바닥을 호호 불다.

치한인가 보다. 나는 정말, 좀 '쎈치(sentimental의 일본식 표현; 감
상적인, 감정적인)' 한 치한인가 보다.

서울 역전 광장의 남쪽에 있는 공중변소엘 들어가다. 먼지가
앉고 때 낀 벽에는 희미한 연필글씨로 편지 서두(序頭)의 낙서가
있었다. — '아버님 보옵소서'
누더기를 입고 머리가 산발한 지게 품팔이꾼이 손가락만 한
연필에 연방 침을 칠해가며 울면서 이 편지의 낙서를 하고 있는
게 상상된다. 고향에서는 예의바르게, 매일 새벽, 아버님의 방문
밖에서 아침 문안을 드리던 아들. 금의환향을 맹세하고 상경했
지만 이제는 돌아가기도 부끄럽고 편지 올리기도 괴로워서……
아, 왜 맹세했던가, 왜 맹세했던가.

일본 어느 엉터리 시인의 단가(短歌) 하나를.

'웃기 잘하던

그 청년이 죽으면

세상도 조금은 쓸쓸해지겠지'

오늘 새벽 나는 유서를 고쳐 썼다. '나는 착한 사람입니다' 라고. 단 한 가지 남은 거짓말만이라도 철저하고 싶다는 마음에서이다. 이미 죽어버린 사람에 대해서는 그 사람을 조금이라도 미화시켜 주려는 선의가 세상엔 아직 있기 때문에 나의 이러한 유서는 어쩌면 액면 그대로 받아들여질지도 모르기 때문이다. 그렇지만 마각이 드러나면* 그때는. 오늘 오후에 나는 유서를 찢어버렸다.

가엾다. 가엾다. 가엾다. 가엾다. 가엾다. 가엾다. 가엾다. 이젠 됐나. 김군?

마각(馬脚)이 드러나다_숨기고 있던 일이나 정체가 부지중에 드러나다; 사자춤과 같이 동물의 탈을 쓰고 벌이는 공연에서, 탈을 들썩이다 보면 말이나 다른 동물의 다리 역을 맡은 사람의 정체가 드러나게 된다고 해서 생긴 관용구. 마각(馬脚)은 말의 다리를 뜻함.

천 번만 먹을 갈아 보고 싶다. 그러면 내 가슴에도 진실만이 결정(結晶)되어 남을까? — 한 '카타르시스' 신봉자의 독백.

어느 날, 고향의 어머니께 보내고 싶은 마음 간절했던 편지의 한 구절 — '실은 의사가 되고 싶었는데 병자가 되어버렸어, 라고 힘없이 말하며 병들어 죽어간 친구를 오늘보고 왔습니다.'

누이에게 쓰고 싶던 편지의 한 구절 — '도시에 가서 침묵을 배워 왔던 네가, 도시에서 조리에 맞지 않는 감정의 기교만을 배운 나보다 얼마나 훌륭했던가.'

별도 보이지 않는 밤에, 고향의 논두렁이 그리워서 중랑교 쪽 어느 논두렁에 가서 서다. 개구리들이, 거꾸러져라 거꾸러져라 거꾸러져라, 고 내게 외쳐대다.

다시 축전(祝電)

　'가하' 오빠.

　부호라는 걸 만든 이에게 평안 있으라. 엉망진창이 된 나의 감정을 감정의 뉘앙스라는 점에서는 완전히 인연이 없는 의사전달의 수단으로써 표시할 수 있는 이 신기함이여. 그렇지만 고향의 누이는 꽃봉투 속에 든 전문(電文) — '축, 순산(順産)'을 읽을 게 아니냐고? 그래도 좋다. 나의 착한 누이가 만일 '우리의 이 모든 괴로움 속에서 태어난 네 자식은 우리가 그것을 겪었었다는 이유로써 구원받을 미래인이 아니겠는가' 라는 나의 기도를 제대로 읽어 주기만 한다면 누이도 나의 축전을 받아들고 과히 당황하거나 부끄러워하지도 않으리라. 제발 지금 나의 이 뒤얽힌 감정 중에서도 밑바닥을 이루고 있는 이 한 가지의 기도가 실현된다면, 그러기만 한다면 얼마나 좋겠는가?

김승옥

    1941년 일본 오사카에서 출생한 김승옥은 미국과 일본간의 전쟁을 피해 1945년 고향인 전라남도 순천으로 돌아왔다. 4 · 19가 나던 해인 1960년에 서울대학교 불어불문학과에 입학해 4 · 19 세대로 일컬어지기도 하는 그는, 재학 중이던 1962년에 단편《생명연습(生命演習)》이 한국일보 신춘문예에 당선되어 등단했으며, 같은 해 김현 · 최하림 등과 동인지《산문시대》를 창간하며 본격적으로 문단활동을 시작하였다.

    《건(乾)》(1962)《환상수첩(幻想手帖)》(1962)《누이를 이해하기 위하여》(1963)《역사(力士)》(1963)를 꾸준히 발표해온 그는 1964년《무진기행(霧津紀行)》으로 대중적인 명성까지 움켜쥐었고, 이어서 스물다섯이라는 나이에《서울, 1964년 겨울》(1965)로 제10회 동인문학상(東仁文學賞)까지 수상하게 되었다. 김승옥은 우리문학계에 새롭게 쓰인 신화였고, '감수성의 혁명'이니 '전후문학의 기적'이니 '단편소설의 전범'이니 하는 찬사들을 수식어처럼 달고 다닌 60년대 문단의 황태자였다.

하지만 그는 60년대 말에 이르러 문단이 아닌 충무로로 그의 무대를 옮긴다. 1966년 자신의 대표작 《무진기행》의 시나리오를 집필했던 것을 계기로 영화계로 옮겨 시나리오를 각색하게 된 것이다. 그는 이어령의 《장군의 수염》을 각색하여 1968년 대종상 각본상을 수상했고, 이를 시작으로 베스트셀러를 스크린에 옮기는 것이 유행이었던 1970년대 내내 최고의 각색자로 이름을 날린다.

김승옥은 자신이 충무로에서 활동하는 이유를 단순한 생계문제라고 답했었다. 하지만 여기에는 우리나라만의 시대적인 비극이 깔려있었다.

1970년, 이른바 '오적(五賊) 필화사건'으로 김지하가 북괴의 선전활동에 동조했다는 반공법 위반의 누명을 쓰고 긴급 체포되었다. 이때는 다행히 국내외 구명운동에 힘입어 석방되었지만 계속해서 연행과 고문, 석방과 도피생활을 거듭하던 중 1974년 다시 체포되었고, 박정희 정권의 눈엣가시와도 같았던 김지하는 결국 군법회의에서 사형선고를 받았다. 이후 김지하는 무기징역으로 감형되고 1980년에는 형 집행정지로 풀려났다고 하지만, 이때 김승옥의 가슴에는 커다란 말뚝이 박혔던 것이다. 후일 그는 '그때 더는 문학을 할 수 없다는 생각이 들었다'고 회고했다.

김승옥은 박정희가 죽자 다시 문학계로 돌아와 펜을 들었다. 하지만 그가 동아일보에 장편 《먼지의 방》(1980)을 연재하기 시작했을 즈음 광주에서 끔찍한 대학살 소식이 전해졌고, 더는 집필에 대한 의욕을 잃어 연재 15회 만에 모든 것을 중단했다. 우리의 비극적인 현대사가 천재적인 젊은 작가의 펜을 꺾어 버린 것이다. 때문에 김승옥의 대표작은 거의 1960년대에 포진해 있다.

김승옥은 인간의 내밀한 본성과 사회적 관계와의 윤리적인 측면을 중요한 테마로 부각시켜 화제를 던졌고, 기성의 관념 체계와 허구화된 제도나 의식에서 벗어나고픈 열망을 끊임없이 이야기했다. 그의 초기소설을 보면 현실을 초월한 삶에 대한 강한 동경이 두드러지게 나타나 있는데, 정형화된 틀을 깨뜨리고픈 또는 벗어나고픈 열정이 현실을 압도하면서 《생명연습(生命演習)》

《환상수첩(幻想手帖)》《확인해 본 열 다섯 가지 고정관념(觀念)》
(1963) 등은 낭만주의적 색채를 띠었다. 하지만 《무진기행》 이후
현실의 엄정한 법칙성을 인정하게 되면서 그의 작품색채도 변화
하기 시작했고, 후기소설은 꿈이나 환상을 잃고 살아갈 수밖에
없는 삶에 대한 환멸과 허무의지로 가득 채워진다. 《차나 한잔》
(1964) 《서울, 1964년 겨울》(1965) 《염소는 힘이 세다》(1966) 그리고
제1회 이상문학상(李箱文學賞) 수상작인 《서울 달빛 0장》(1977) 등
이 그 대표작으로, 여전히 탈출하고픈 열망은 지니고 있지만 현
실의 벽, 질기게 옭아매는 일상의 힘 아래 산업사회의 한 기호로
서 살아가는 인간들의 상실감이 주로 형상화되어 있다.

활발하게 활동한 기간은 비교적 짧지만 감각적인 문체, 언어
의 조응력, 배경과 인물의 적절한 배치, 치밀한 완결성 등 소설
의 구성원리에 있어서 새로운 장을 열었기에 후배 작가들에게
많은 영향을 미친 김승옥. 그는 1950년대 작가들이 견지하고 있
었던 엄숙함과 교훈적인 태도, 도덕적 상상력 등을 뿌리째 흔들
어버렸다는 점에서, 또한 4 · 19혁명의 열광적인 분위기를 문학
적 언어로 환치시킴으로 전후세대문학의 무기력증을 뛰어넘었
다는 점에서 문학사적 의의가 높은 작가이다.

주요 작품으로는 《건(乾)》《환상수첩(幻想手帖)》《확인해 본 열 다섯 가지 고정관념(觀念)》《역사(力士)》(1963) 《무진기행(霧津紀行)》 《싸게 사들이기》(1964) 《들놀이》(1965) 《내가 훔친 여름》(1967) 《60 년대식》(1968) 《야행(夜行)》(1969) 등이 있으며, 특히 동인문학상 수 상작인 《서울, 1964년 겨울》은 그의 작가적 지위를 굳힌 작품으로 평가된다.

김승옥의 '60년대식'을 이해하기 위하여

고영직 | 문학평론가

1960년대 문학사를 서술할 때 '김승옥'이라는 이름 석 자를 어떠한 비평가도 빼놓을 수는 없을 것이다. 1962년 단편소설 「생명연습」을 발표하면서 문단에 데뷔한 김승옥은 '1960년대식' 현실 변화의 양상을 예리한 사실주의적 투시와 감각적인 문체미학으로 인화한 1960년대의 대표적인 작가이기 때문이다. 이제는 그의 문학을 수식하는 관용어구가 된 '감수성의 혁명'(유종호)이라는 표현은 김승옥 소설미학이 당대에 미친 인지충격의 양상을 잘 요약한다. 예컨대 「무진기행」(1965)의 '안개'에 대한 묘사를 보라.

무진에 명산물이 없는 게 아니다. 나는 그것이 무엇인지 알고 있다. 그것은 안개다. 아침에 잠자리에서 일어나서 밖으로 나오면, 밤사이에 진주해 온 적군들처럼 안개가 무진을 삥 둘러싸고 있는 것이었다.

어쩌면 한국문학은 김승옥의 소설미학에서 장용학·손창섭 등 전후(戰後)파의 염세적 알레고리 미학에서 탈피할 수 있었으며, 근대화와 산업화 과정에서 소외된 '개인'의 내면세계를 발견할 수 있는 중요한 단서를 찾았다고 보아도 무리는 아닐 터이다. 그래서 한국소설사를 구분할 때 '김승옥 이전'과 '김승옥 이후'라는 식의 시대구분법 또한 가능할지 모른다. 김승옥의 소설은 그렇듯 스스로 독자적이며 완결적인 개인의 '자기세계'(데뷔작 「생명연습」)에 대한 집요한 탐사와 더불어 압축 근대화에 의해 추동된 현실 변화에 대한 이중적 태도를 문체미학으로 드러냈던 것이다.

예컨대 위에 인용된 「무진기행」에서 '안개'를 "밤 사이에 진주해 온 적군들"이라고 비유한 대목은 그 좋은 사례가 된다. 위 표현은 1960년대 초반부터 추진된 '근대화 프로젝트'의 본질적 특징을 은유적으로 표현하고 있는가 하면, 5·16 군사쿠데타 이후 전사회적으로 유포된 군사·반공·권위주의 문화 일반에 대한 작가의 심층적인 비판의식을 내장했다고 볼 수 있을 터이다. 물론 근대화와 산업화에 대한 김승옥의 관점은 '환멸'이라는 일방의 가치지향으로 수렴되는 것은 아니며, 이제는 거역할 수 없는 현실적 대세가 된 이 근대화와 산업화의 질서에 편입되고자 하는 강렬한 '유혹'의 감정 또한 동시에 갖고 있음을 알 수 있다. 이

점은 데뷔 이후에 씌어진 단편에서 집요한 관심사가 되고 있다. 김승옥의 초기작인 「누이를 이해하기 위하여」, 「역사」, 「서울, 1964년 겨울」을 주목해야 하는 이유가 거기에 있다.

「누이를 이해하기 위하여」(1963)는 도시화와 산업화에 대한 작가의 심층 차원의 비판의식을 엿볼 수 있는 작품이다. 도시(=서울)로 간 누이의 '침묵'을 이해하기 위해 상경한 '나'의 내면을 독백하는 일지(日誌) 형식을 취한 이 작품에서 김승옥은 도시/농촌의 대비를 통해 도시화·산업화·근대화적 속성을 우회적으로 비판한다. 무엇보다 이 작품이 서사성이 결여된 일지 형식을 취했다는 점에서 글쓰기의 기원을 밝힐 수 있는 문학적 경험의 원형질을 형성한다고 볼 수 있으리라.

특히 3장과 5장에 나타난 농촌/도시의 대비는 이 작품을 이해하는 실마리를 제공한다. 3장에 묘사된 '황혼과 해풍'의 세계, 즉 자연 질서에 순응하는 삶의 양식으로 요약되는 농촌 세계란 '감각(感覺)'의 세계가 지배하는 전근대적 세계를 말한다. 이 '감각'의 세계는 일종의 공동체적 감각이 지배하는 세계인 셈이다. 이 작품의 작중 화자가 "영원의 토대를 장만할 수 없었다"라고 한 의미는 이 농촌적 삶의 양식에서는 개인의 '자기세계'를 구축

할 수 없다는 의미를 함축한다고 볼 수 있다. 그러나 도시적 삶의 양식에서 '영원의 토대'를 마련할 수 있을까. 〈5장 일지초(日誌抄)〉에 따른다면, 도시적 삶의 양식이란 단자(單子)화된 개인주의와 소통 부재의 익명성을 특징으로 한다는 점을 이해할 수 있다. 우리는 5장의 말장난을 연상시키는 지문에서 도시적 삶이란 개인주의적 고독의 심화와 확대를 낳았다는 점을 알 수 있다. 작중 화자가 "도시에 가서 침묵을 배웠던 네가, 도시에서 조리에 맞지 않는 감정의 기교만을 배운 나보다 얼마나 훌륭했던가"라고 술회하는 장면은 그 좋은 사례가 된다. 한마디로 말해 근대성과 유토피아(utopia)의 관련성 측면에서 본다면, 김승옥 소설은 농촌과 도시 그 어느 쪽에서도 다른 삶의 문법을 발견하지 못했다고 할 수 있다. 이러한 점은 「역사」에서 훨씬 더 구체적이고 심화된 형태로 재현되고 있다.

1964년 『문학춘추』에 발표된 「역사」는 도시적 삶이 강요하는 극단적 개인주의의 문제를 매우 인상적으로 묘사한 작품이다. 이제 김승옥은 도시/농촌의 단순한 공간 대비를 넘어, 도시 내부의 '변두리/중심가'라는 공간 분리 현상에 주목하여 근대적 개인의 자기세계에 대한 집요한 관심사를 보여주고 있다. 어쩌면 이 작품의 역사(力士) '서씨'라는 존재는 도시화와 근대화에 항거

(抗拒)하는 주체로서 이 작가가 발견한 상징적인 전형이라고 볼 수 있을 터이다. 그러나 「누이를 이해하기 위하여」에서 '누이'의 강요된 '침묵'처럼, 「역사」의 서씨가 간직한 자기세계란 이미 현실적 소통 가능성을 완벽히 상실한 것이라고 보아야 옳다. 밤마다 동대문 성벽을 찾는 역사 서씨의 야행(夜行)은 자폐아의 유희는 될지언정 소위 '정식(正式)의 생활'에서 권장되는 삶의 덕목과는 거리가 멀기 때문이다. 서씨의 야행은 '정식의 생활'에서 배제될 운명에 처한 존재들의 고독한 자기세계가 아니고 무엇이겠는가.

이 작품은 특히 1960년대 도시화와 산업화의 허구성에 대한 김승옥의 이중적 감정 태도를 엿볼 수 있다는 점에서 흥미롭다. '빈민굴/양옥집'으로 재현된 두 세계는 처음부터 공존(共存)의 가능성은 아예 차단되었다. 일방으로 '정식(正式)의 생활'을 요구하는 이 세상 질서가 요구하는 윤리학은 누구도 벗어나서는 안 되는 '질서정신'이다. 작중 화자인 '나'는 이 정식의 생활이 요구하는 양옥집에서 권태와 혐오증 따위의 착잡한 감정을 느끼지만, 이 양옥집의 질서 바깥의 삶으로 돌아갈 수 없다는 점 또한 알고 있다. 그래서 주전자에 '홍분제'를 탄 화자의 행위는 양옥집 사람들에게 아무런 위해(危害)를 가져다주지 못할 것이라고 짐작하는 일은 어렵지 않다.

환멸과 유혹이라는 감정 상태는 근대성과 유토피아의 관련성에 대한 1960년대 김승옥의 심리적 태도를 반영한다. 이 기준에서 본다면 「역사」는 '유혹'의 서사이며, 「서울, 1964년 겨울」(1965)는 '환멸'의 서사라고 말할 수 있다. 그러니까 「서울, 1964년 겨울」에 이르면 도시적 삶이 유포한 개인주의적 삶의 양상은 철저한 익명성과 무의미성으로 지탱된다는 점이 훨씬 더 분명해진다. 이제 도시인의 대화는 일상적 소통 기능조차 상실한 채 무의미한 독백의 나열로 대체된다. 즉 상대방에 대한 이해와 소통의 의미를 지향하지 않는 셈이다.

> "의미요? 그게 무슨 의미가 있습니까? 난 무슨 의미가 있기 때문에 종로 2가에 있는 빌딩들의 벽돌수를 헤아리는 일을 하는 게 아닙니다. 그냥……."
> "그렇죠? 무의미한 겁니다. 아니 사실은 의미가 있는지도 모르지만 난 아직 그걸 모릅니다. 김형도 아직 모르는 모양인데 우리 한번 함께 그거나 찾아볼까요. 일부러 만들어 붙이지는 말고요."
> "좀 어리둥절하군요. 그게 안형의 대답입니까? 난 좀 어리둥절한데요. 갑자기 의미라는 말이 나오니까."
>
> – 「서울, 1964년 겨울」 중에서

위 인용은 「누이를 이해하기 위하여」의 〈5장 일지초(日誌抄)〉를 연상시킨다. 그런데 예의 작품이 개인 내면을 독백하는 일지초 형식으로 나타났다면, 「서울, 1964년 겨울」에서는 사람들 사이의 실제 대화로 재현되었다는 차이를 지닌다. 이 '차이' 에서 익명성과 소통 불능으로 요약되는 도시적 삶의 양식에 대한 이 작가의 비판적 태도가 더욱 심화되고 있음을 확인할 수 있다. 작가는 무의미하고 사소(些少)한 사실들에 대한 집요한 관심을 통하여 저마다 고립되고 단자화된 상황에 처한 당대적 상황을 강렬히 비판하고자 했던 것이리라. 한 작중 인물의 표현을 빌리면 '서울' 이란 결국 '모든 욕망의 결집지' 로 현전(現前)되고 있지 않는가.

　실제로 서적 외판원인 '사내' 의 기구한 삶과 자살은 '돈' 의 척도로 모든 가치와 판단의 준거가 결정되는 세상이 도래했음을 강력히 역설한다. 이 물화된 세상에서는 아내의 주검조차 '4천 원' 으로 환금(換金)될 만큼 오직 교환가치만이 중시되는 사회라고 할 수 있다. 소위 근대화 프로젝트에 의해 구축된 새로운 세상질서의 변화에서 인정(人情)의 네트워크를 기대할 수는 없는 노릇이다. 이 작품의 '사내' 는 이제 자살 행위로써만 '돈' 의 질서로부터 해방되어 오직 '자기세계' 를 가까스로 간직하게 되는 것인지도 모른다.

김승옥은 어느 작가보다 1960년대식 세상 질서의 변화에 민감했던 작가이다. 위에서 언급한 세 편의 작품이 저마다 독자적이면서도 서로 내밀한 관련성을 갖는 것도 그런 이유 때문이다. 김승옥은 1960년대식 생활변화의 핵심 동력으로 작동한 근대화 프로젝트에서 과연 유토피아의 비전을 발견했던 것일까? 이 질문은 결국 「역사」에 등장하는 한 등장인물이 "어느 쪽이 틀려 있었을까요?"라고 한 질문과 맞물려 있다. 우리는 「역사」의 화자가 일종의 '판단 유보'를 내렸다는 점을 알고 있다. 그리고 이 '판단 유보'의 상태를 다양한 방식으로 변주했던 것이 1960년대 김승옥의 소설이었으며, 그 질문에 대한 답 찾기가 더 이상 문학적으로 유보될 수 없었을 때 '절필 상태'로 이어졌다는 점을 이해할 필요가 있을 것 같다.

고영직 | 문학평론가. 동국대 국문과를 졸업했으며, 1992년 『한길문학』을 통해 평론 활동을 시작했다. 주요 평론으로 「한국문학과 베트남전쟁」과 「'자발적 가난'의 한 경로」 등이 있다. 현재 계간 『내일을여는작가』 편집위원, [베트남을 이해하려는 작가들의 모임](forvietnam.or.kr) 대표로 활동하고 있다.